華は天命を診る

莉国後宮女医伝

角川文庫
23508

もくじ

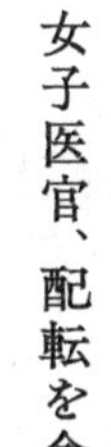

イラスト／Minoru

主な登場人物紹介
李翠珠（りすいしゅ）
女子太医学校を首席で
卒業し、研修中の新人女医。
市井の医院で働くことを
希望していたが、
ひょんなことから
内廷（後宮）勤務に――。
晏紫霞（あんしか）
内廷勤務になった翠珠の指導医
で姉弟子。
医学が大好きでやや変人の域に
達しかけている。絶世の美女。
イラスト／Minoru

拓中士（たくちゅうし）

翠珠の医療院時代の指導医。
バランスの取れた人格者。
かつて、紫霞の指導医でもあった。

呂高峻（ろこうしゅん）

元・御史台の官吏で、夕宵のよき先輩。
呂貴妃は叔母にあたる。

呂貴妃（ろきひ）

芍薬殿に住む妃。
現在は孤閨をかこっている。
尊大だが、後宮のことを第一に考える
厳格な人物。

栄嬪（えいひん）

芙蓉殿に住まう横暴な嬪。懐妊中。
眩暈の症状があり
紫霞の診察を受けている。

河嬪（かひん）

寵愛の深い若い嬪。
流産したばかり。

安倫公主（あんりんこうしゅ）

呂貴妃の娘。
やや高慢ちきなところがある。
母を蔑ろにする栄嬪を憎んでいる。

北

《西六殿》

菊花殿（きくか）

梅花殿（ばいか）

蠟梅殿（ろうばい）

紫苑殿（しおん）

梨花殿（りか）
河嬪（かひん）

芙蓉殿（ふよう）
栄嬪（えいひん）

屋根付き廊

牡丹宮（ぼたん）
皇后が住まう宮。

皇帝宮
皇帝が住まう宮。

太監以外の男性の出入りには
制限が設けられている。

《東六殿》

木蓮殿（もくれん）

芍薬殿（しゃくやく）
呂貴妃（ろきひ）

薔薇殿（そうび）

睡蓮殿（すいれん）

木犀殿（もくせい）

桃花殿（とうか）

内廷

杏花舎（きょうかしゃ）
翠珠や紫霞の属する
「宮廷医局」がある。

太正宮
宮殿の正殿。
皇帝が政務を行う。

外廷

南

第一話　女子医官、配転を命ぜられる

「朝だけなんですよ。指が強張るのは。昼を過ぎるとなあ～んともないんです。もう年だからしかたがないと諦めているのですが、娘が診てもらえとしつこいから」

　診療机を挟んだ先で、還暦過ぎと思しきその婦人は、息子程の年齢の医官を相手に息継ぎも忘れたようにしゃべりつづけている。医療院に足を運んでおいて快癒を諦めていると言うのはいかがかと思うが、実際のところ非礼の自覚なくこういう発言をする患者は多い。

（うちの医院にもいっぱいいたもんね。こういう人）

　中原を支配する大帝国・莉王朝。

　その帝都・景京で働く女子医官・李翠珠は、実家のことを思いだしていた。

　南州で母が営む医院は、翠珠の母方の祖母が開院したものだ。母は二代目の院長で、とうぜんながら翠珠は三代目として跡を継ぐつもりでいる。

　そのために景京の女子太医学校で、四年間みっちり学んだ。いまは官立のこの医療院で、研修医として研鑽を積む毎日だ。

女子太医学校を卒業した者は、二年間の医官局勤務が義務付けられ、様々な施設に配属される。翠珠は自ら希望を出して、医療院勤務となった。市井に門戸を広げたこの施設には、老若男女様々な疾病の患者がやってくる。研修期間が終われば実家で働くことを考えている翠珠にとって、うってつけの研修先だと思ったからだ。

緊張しながらもやりがいのある充実した日々は、翠珠の潑溂とした表情や動作に如実に表れている。黒々とした眸は活き活きと輝き、肌理の細かい頰は桜桃のように血色よく色づいている。小柄ながらも均整の取れたすんなりと長い手足は、目標に対して常にてきぱきと手際よく動く。

やくたいもない話をつづける患者の様子を、翠珠は注意深く見守った。

診察の基本たる四診（東洋医学における診察方法。望診、問診、聞診、切診）は、治療の指針となる証（東洋医学における身体状況の評価）をたてるための重要な要素である。

（声に活気はあるけど、ちょっとかすれている。全体的に少しむくみ気味で、顔のくすみがやや目立つ）

なあ～んともない、と本人は言うが、翠珠は実家の医院で似たような症例を何人も見てきた。南州は景京に比べて湿度が高いので、このような症状を呈する患者が多いのだ。

「それにしても、やっぱりこういうときは娘ですね。嫁なんて結局は他人だから、冷たい――」

「ちがうね。お前さんは風湿（リウマチ等の関節痛）だよ」

話が嫁の悪口になりかけたところで、彼女の担当医は婦人のお喋りを遮った。

不惑（四十歳）を過ぎて数年のこの男性医官は、翠珠の指導医・拓中士である。拓は彼の姓。中士とは官吏の位の呼称だ。

医官は経験と実績で三つの位に分けられる。上から大士、中士、少士と呼ばれ、官服として着用する比甲（袖なしの上着）の色・紫、緑、赤で区別される。拓中士は緑。二年目の翠珠は赤の少士である。翠珠は彼女の指導医の診察を見学している最中だった。

お喋りを遮って告げられた診断名に、婦人は首を傾げる。

「風湿？」

「そう。気血水の流れが滞って、節々に痛みを生じる。あまり長く患わせると、七転八倒するようなとんでもない痛みになって、手や足の指が曲がったまま固まるぞ」

軽い口調で物騒なことを言われた婦人は青ざめた。そこですかさず翠珠は、身を乗り出す。

「大丈夫です。拓先生は風湿を診慣れていますから、任せてください。きちんと薬を飲んでしっかり養生なされば快癒しますよ」

裏のない明るい口調での励ましに、婦人の顔色が元に戻った。

そんな弟子の姿を横目に、拓中士は筆を執る。

「処方を書いておくから、七日程服用してみなさい。状態が良ければ、もう七日つづけて、そこでやめてよし。変わらなければもう一度来なさい」

医師が記した処方は、民間の薬舗で調合してもらうことが一般的だった。何百とある生薬の在庫を抱えることは、特に小さな医院では難しいからだ。

民に対する福祉という名目で開院されたこの医療院では、診察と処方を書くまでは無料で行っている。しかし薬代は患者持ちなので、人によっては購入を断念する者もいる。身なりや反応から察するに、この婦人はその心配はなさそうだ。

「当帰は血の巡りを、蒼朮は水滞を改善するための処方ですね」

婦人が帰ったあと翠珠が尋ねると、拓中士は目を細めた。

「そうだ。よく学んでいるな。さすが首席卒業だけある」

「ありがとうございます」

礼を述べてから、あらためて翠珠は答えた。

「南州は景京よりも湿度が高いので、あのような症状の方が多かったのです。梅雨に入ると特に手足が浮腫んだ人、クマがひどい人とかも大勢いました。当時は分からなかったのですが、いま考えてみるとそういうことだったのですね」

気分よく語っているうちに、思ったよりも大きな声になっていたらしい。入口の簾をくぐろうとしていた次の患者が驚いて足を止めた。

「あ、すみません。どうぞ」

愛想よく招く翠珠に、しかしその高齢男性はあからさまに蔑みの目をむける。

ざらりとしたものが胸を撫でた。

医療院で仕事をするようになってから――いや、景京で医学生の制服を着るようになってから、しばしこのような視線に遭遇してきた。とうに慣れたことでも不快にはちがいない。

――女が外で仕事などをして、はしたない。

この国に女子太医学校が創立されてから四十年。すでに数多の女医を輩出しているにもかかわらず、女性が職業を持つことに対する世間の反発は根強い。特に高齢の者にとって女医は人生もある程度過ぎたところで誕生した存在だから、なおさら受け入れがたい。

婦人の正しい生き方は、結婚をして夫とその両親に尽くし、子を産んで家庭を守ること。そんな考えが主流だった時代にとつぜん、この国の女医制度は誕生したのだった。

あんのじょうその男性患者は、席に案内をした翠珠に礼も言わなかった。それどころか目をあわせようとすらしない。男の拓中士には低姿勢で病状を訴えているのに、えらいちがいである。

別に珍しくもないことだった。この医療院には診療にあたる女医が数名いるが、女であることを理由に患者から拒絶されることはしばしばある。大方は年配者だが、たまにびっくりするぐらい若い者もいる。比率のちがいはあるが、女医を軽視する者は老若男女問わず存在する。そのいっぽうで羞恥心や症状の特性から、是非とも女医に診て欲しいという層も少なくはない。

「――脈は浮き、力は弱い」

　脈診の結果をつらつらと述べたあと、拓中士は傍らに立つ翠珠を見上げた。

「どうだ、お前の診立ては？」

　とつぜん振られて、翠珠は目をぱちくりさせる。患者の男性は抗議するように拓中士を見る。女に訊いてどうするとでも言いたいのだろう。

　むくむくと負けん気がこみあげてくる。

　翠珠は意識を集中し、男性患者を正面から見据えた。

　患者の見た目や動作を観察する望診。声、話し方、呼吸音、時には患者の匂いにまで神経を研ぎ澄ます聞診。そこに先ほど拓中士が行った問診と切診（脈を診るなどの実際に患者に触れて行う診察）の情報を加える。そうして知りえた患者の情報に、これまで学んできた五行、五臓、気血水等のあらゆる知識を当てはめる。

「先程の方と同様、湿邪の影響で足腰の動きが悪くなっておられるのではないでしょうか？」

「確かに。天気のせいか、昨日あたりからその症例が多いな」

　今朝もそうだったが、ここ三日ほど雨降りがつづいている。梅雨入りしたのかもしれない。その影響ゆえか、湿邪による症状を訴える患者が多くなっていた。

「では、さっきと同じ処方にするか？」

理屈だけ言えばそうだが、引っかかる部分もある。

「どうでしょうか？　こちらの方は表証（証の分類の一つ。病位の浅深を表す）ですし、血の症状はそこまで顕著ではありません」

「その通りだ。ならば当帰は省いてもいいんじゃないか？」

言われてみれば道理である。翠珠は首肯した。

拓中士はゆるりと視線を動かし、ぽかんとする男性に言った。

「私はこれまで男女多くの弟子を指導してきましたが、その中でもこの娘は、一、二を争う程に優秀なんですよ」

胸がすくとはまさにこのことである。

男性はといえば、気まずさと不服が入り交った顔のまま、処方を受け取って出て行った。本日の患者は彼が最後である。

「先生、お茶を淹れましょうか？」

「おう、頼む。今日は疲れたから濃いものが飲みたいな」

「濃いめですね」

うんと背伸びをする師の前で、翠珠は茶器を準備する。艶のある白地に、小さな朱色の鯉と緑の蓮の葉が描かれている。茶壺に葉を入れて湯をそそぐ。拓中士の要求を受けていつもより心持ち長めに待って淹れると、茶杯は芳醇な薫りの濃厚な液体で満たされた。

拓中士は喉（のど）を鳴らした。

「ああ、うまいな」

「先生」

「ん？」

「先程はかばっていただいて、ありがとうございました」

翠珠の礼に、拓中士は茶杯を傾けたまま上目遣いにこちらを見る。

「礼を言うことでもない。お前は私の弟子だ。弟子が無能だと誤解されては、私の沽券（こけん）にもかかわるからな」

「先生の沽券はなによりも大切です。正直に言うと、私も気分は良くありませんでした。ですが気になさらないでください。ああいう態度を取るのは、おおむね年配の方ばかりですから――」

「近々にみんな死ぬから、放っておけってわけか？」

「そ、そんなつもりじゃ……」

翠珠はあわてた。そこまで考えてはいなかったが、確かに突き詰めればそういうことになる。

拓中士は茶をごくりと飲み干した。

「まあ、お前の言うとおりだとは思うが」

だからそんな物騒なことは言っていない。

「しかし、ああいう親から躾けられた子供は近しい価値観を持っているぞ。その子供に育てられた子供も同じに育つかもしれん」

「それは──」

翠珠は口籠った。確かに嫌な未来予想図だ。しかしそれはどうしようもない。なにしろ他人は変えようがない。ならば、こちらが彼らと接触しないようにすればよいだけだ。

研修を終えたら実家の医院で働くのだから、それまでの辛抱である。女医が経営する医院に足を運んでおいて、女が信用できないと言う患者はまずいない。祖母の時代はなかなかの苦労があったようだが、いまや南州の李医院といえば、県外からも患者が来る盛況ぶりだ。

攻撃的、ないしは拒絶する者とはかかわらないのが一番だ。

翠珠にはそれができる未来がある。だから景京に来てしばしば経験する先ほどのような不快なことも、実はあまり深刻に受け止めていないのだ。

「確かにそういう人も、いるかもしれません。けれど大丈夫です、実家の医院にはあんな患者は来ませんから」

苦笑いで答える弟子に、拓中士は無言で茶杯を受け皿に戻した。陶器と陶器が触れ合うカチリという音が、やけに高らかに響いた。

官立医療院は官衙の建物が並ぶ内城ではなく、市井の人々が暮らす外城に建てられている。市民に無料で診察を提供するという施設の性格を考えれば、理に適った配置といえよう。

莉国の帝都・景京は、外城、内城、皇城、宮城の四重構造の城壁都市だ。このうち皇城と宮城は宮殿区域となり、城壁で囲まれて庶民は立ち入れない。内城は主に官衙街で、外城がいわゆる市街にあたる。かつてはこの二つの間にも壁は存在したらしいが、現在は取りはらわれて出入りも自由となっている。石造りの古い牌坊が、その痕跡を残すだけだった。

翠珠が医療院を出たとき、朝から時折降っていた雨は止んでいた。

出勤時にさしてきた傘を手に、内城にむかって目抜き通りを進む。二年の研修期間中、女子医官は内城にある官舎住まいとなる。学生のための寮も兼任しており、女子医官局の敷地内にあった。ちなみに学生は三人部屋、研修生は二人部屋である。

通りは大勢の人でごった返していた。ちょうど官庁が閉まる時間なので、内城のほうからは帰路につく官吏達が歩いてきている。袍や冠の色で所属や立場はおおむね分かる。高官は徒歩で帰らないから、すれ違うのは中級以下の官吏ばかりである。

襖裙姿の主婦に、買い物かごを提げた仕女。習い事帰りの子供。仕事終わりでいっぱい引っかけようと店を物色する職人。肩がぶつかるほどの距離で老若男女が行きかっている。

立ち並ぶ露店や酒家（飲食店）の窓から、煮炊きの煙が上がっている。この匂いは焼餅か、あるいは揚げ物だろうか。ぐうっとおなかが鳴ったが、このあと寄る場所があるので、いま買い食いをするわけにはいかなかった。

人混みを避けながら、右折して小路に入る。小路といっても大路と比較した名称なので、馬車が乗り入れられる程の幅は十分にある街路である。人通りも多いその小路で、辻から数えて二つ目の店に『馬薬舗』の旗が掲げてあった。

「こんにちは」

開け放したままの入口をくぐると、受付用の長い台とその奥に小さな引き出しがいくつもついた、巨大な薬簞笥が備えつけてある。

「おや、李先生」

接客中の店主が、機嫌のよい声をあげた。五十に近い腰の低い男性で、娘のような年齢の翠珠にも丁寧に接してくれる。

台を挟んで手前には、客と思しき女性が立っていた。年の頃は三十を少し越したあたりか。黄色の立領の襖に、幅広の襞のついた刺繡入りの若草色の裙は一目しただけで仕立ての良さが分かるものだった。

（なんだろう。まだ若いのに、どこか具合が悪いのかしら？）

医師の性というやつで、つい好奇の目をむけてしまう。とうぜん女性からはぷいっと顔をそむけられた。ただちに不躾だったと反省する。しかも無意識の行動だったから余計にたちが悪い。

店主は台上で、彼女のための薬を量っている。よくないと分かっていても、好奇心に負けてついチラ見してしまう。

（牡丹皮か……）

婦人病の処方によく使われる生薬である。この年齢だから月経の不調か、あるいは子宝にかんする症状だろうか？

「すみません。こちらの方が終わるまでちょっと待っていてくださいね」

どう思ったのか店主が申し訳なさそうに言う。翠珠はあわてた。

「順番ですから、お気になさらず。それに私は拓中士に言われて、入荷の確認に来ただけですので」

「ああ。牛膝なら入りましたから、そう伝えておいてください」

「中士？」

それまで黙っていた女性がぽつりと言う。

中士や少士は、特に医官にかぎってのものではない。いわゆる中級官吏共通の役職名だ。とはいえ薬舗でのやりとりだから、通常は医官に対するものと考えるだろう。

「はい。私の上司で、医療院の医官です」

弁明のつもりで翠珠は言った。医官という立場を教えれば、先ほどの不躾な態度も少し納得してくれるのではと思ったからだ。

「ならば、あなたも医官なのですか」

「まだ少士ですけど」

翠珠の答えに、女性は露骨に表情を強張らせた。

なぜ？　と不思議に感じたあと、すぐに女医に対する世間の反感を思いだす。一般的に若い女性は寛容だが、例外はもちろんいる。彼女もそんなうちの一人かもしれない。

（だったら、しかたがないか……）

拒絶する者とはかかわらないのが一番だと、景京に住むようになって何度も繰り返した言葉を反芻する。

気持ちを切り替え、翠珠は店主に声をかけた。

「では、牛膝が入荷したことは拓中士に伝えておきます」

「よろしくお願いしますよ」

そのとき、入口でがたがたと大きな物音がした。何事かと目をむけると、木綿の筒袖を着た数名の男達が入ってきたところだった。どこぞの邸の従者か下級役人といった風体で、とうてい薬を買いに来たようには見えない。

「あ、あの、どちらさまで……」

不安げに店主が尋ねると、後ろから一人の青年が進み出てきた。

翠珠は目を見張った。そうせざるを得ないほど、非常に風采の良い若者だった。

年のころは翠珠よりも少し上なくらいで、二十歳をいくつも越えていないように見えた。彫の深い整った面差しには、少年のような初々しさと潔癖さがただよう。細身の身体にまとう青灰色の交領の袍は機能的な筒袖だったが、素材が絹なので高位の官吏であることがひと目で分かった。

「ここは馬薬舗で間違いないな」

「私は御史台の官吏、鄭夕宵。御史である」

「は、はい」

物騒な官職名に、翠珠はひるんだ。

御史台とは司法に関わる機関『三法司』のうちのひとつで、主として百官の監察と弾劾を掌る。早い話が、役人の犯罪を追及する組織である。ちなみに民間の犯罪捜査を行う警吏局も、御史台の管轄下にある。要するにまともな日常を過ごしていれば、まず縁のない機関だった。

ちなみに御史とは役職名で、四等官の第三位・判官のことである。ゆえに夕宵に対する呼び方は鄭御史となる。

「お役人さまが、いったい何用で？」

店主は声を震わせた。そうとうにおびえている。御史台はただでさえ敬遠される部署だ。それがこんな大仰に押し寄せてきたのだから、普通の神経ならおびえる。馬薬舗は誠実な経営で評判の店だから、御史台の役人に詰問されるなどはじめての経験にちがいない。

「皇帝の妃、呂貴妃に薬を売ったな」

「は、あ、あの……」

狼狽えながら店主は、奥にいる女性をちらりと見た。その視線を受けた彼女はぐっと唇を引き結んでから前に進み出る。

「その通りです。私がこの店に足を運び、貴妃様のための薬を買い求めておりました」

「あなたは？」

「私は呂貴妃様付きの女官で、蘇鈴娘と申します」

身なりの良い女性だと思っていたら、女官だったのか。

後宮に仕える女性の地位と役割は妃嬪も含めて数多だが、全国津々浦々から選抜されて入宮しているだけあって、民間の仕女に比べても風采が良い。

しかも呂貴妃といえば、皇后不在の後宮では最上位の妃である。

その妃付きの女官というだけあって、さすがに度胸も据わっている。泣く子も黙ると言われる御史台の役人相手にひるみもしない。

「ならば、話が早い」

夕宵は言った。この段階で翠珠は自分がここにいてよいものかと悩んだが、下官達が入口をがっちりと塞いでしまっているので逃げようがなかった。野次馬が入ってこないようにしているのだろうが、それは同時に中の者が出られなくなることを意味している。

「後宮の妃嬪方は、宮廷医局からの診察と薬の提供をいつでも自由に受けられる。それなのに、なにゆえこのような市井の薬舗に足を運ばれるのか？　そもそも後宮の女官が頻繁に外出をする事自体が異例であろう」

「無礼な！」

鈴娘は声を大きくした。

「私がここに通っているのは、貴妃様のご要望を受けてのこと。もちろん外出の許可も受けております。御史などにとやかく干渉される筋合いはありません」

「こちらも上からの命を受けている。納得のいく説明をいただけなければ、あなたとこの店主を捕縛するしかない」

とばっちりでしかない展開に店主は短く悲鳴をあげた。それはそうだ。薬舗は薬を売ることが仕事なのに、それで捕縛されては堪ったものではない。粗悪品を売ったとでもいうのなら分かるが、このやり取りからしてそうではなさそうだ。

「お役人さま、私はなにも」

「蘇氏になにを売ったのか、帳簿を見せよ」

「は、はい……あの、呂貴妃様になにかご不調が？」

店主の問いに、翠珠ははっとした。

そうだ、その可能性があった。

薬を服用した呂貴妃に不自然な不調が現れれば、薬舗か鈴娘が疑われる。事故であれ故意であれ、相手が皇帝の妃となれば厳罰は免れない。

この店主の問いに、鈴娘が素早く反応した。

「呂貴妃様の不調は以前からのものです。だからここに薬を求めに来たのです」

だから、その答えでは堂々巡りだ。

なぜ宮廷医局ではなく、市井の薬舗を頼ったのか。その理由を説明しなければ、夕宵は納得しない。

（ていうか、貴妃様ってご不調だったんだ……）

官舎には宮廷勤務の同僚も住んでいるが、そんな話は聞いたこともなかった。

女子医官の研修先はいくつかあるが、そのうちの一つに宮廷医局がある。

その中でもとりわけ後宮は、女医にとって主戦場と言える場所だった。なぜならこの国の女医の誕生には、当時の後宮が大きくかかわっていたからだ。

男子に比べて女子に極端な貞操観念を求める風潮は、古今東西存在する。この国も例外ではなく、特に良家の婦人に対してそれが顕著だった。中でも既婚女性には異常とし か言えない苛烈な貞節が求められてきた。

妻は夫以外の異性に姿を見せるものではなく、ましてその身に触れさせるなど死に値する恥辱である。こうした価値観のもとで医師の診察を拒む、もしくは本人が望んでも家族から診察を阻まれる婦人があとを絶たない結果となった。

病に倒れた時の皇太后が、貞節を理由に医師の診療を拒んだのは五十年程前の話である。この件により後宮における女医の必要性が浮き彫りとなり、女子太医学校の開校にたというわけだ。

とつながったのである。言い方は悪いが、皇帝の私的な孝行の念により女医制度ができたというわけだ。

そのような経緯から、妃嬪の診察は女医が請け負う習わしになっていたのだ。

彼女達から、呂貴妃の具合が悪いという話は聞いていない。相手の立場や守秘義務もあるので、むやみに口外していないだけかもしれないが。

呂貴妃は三十八歳。皇帝との間に男女一人ずつの子をもうけたが、いまはすっかり孤閨をかこっていると聞いている。そのせいか元々の気質なのは分からぬが、かなり気難しい方との評判だった。そんな噂話程度の情報を頭の中で整理している間も、夕宵と鈴娘は言い争いをつづけている。

「この帳簿によると、あなたは牡丹皮を定期的に購入している。これは確かか？」

「記録があるのなら、訊かずとも分かるでしょう。呂貴妃様の症状にはそれが効くと医者が言っていたのよ」

「だからなぜ街の薬舗を使うのか、その説明をしていただきたい」

「貴妃様に対して、それが無礼だと言っているのです。であれば、そちらが先に調査の理由を説明すべきでしょう」

鈴娘は言い返した。なるほど、筋はある。いくら寵愛が薄れているとはいえ、相手は子にも恵まれた貴妃だ。問答無用で捕縛できる庶民とはわけがちがう。

夕宵は眉間にしわを寄せ、しばしの思案のあと口を開く。

「河嬪の流産はご記憶か？」

それは翠珠も知っていた。確か三、四か月前の話だったと思う。

皇帝の寵妃・河嬪は二十二歳。翠珠と同じ南州出身の方である。

彼女にとって初めての懐妊から半年足らず。まさに幸福の絶頂からの悲劇だった。しかも胎児がある程度大きくなってからの流産が母体に与えた衝撃は大きく、それ以来河嬪は部屋に引きこもったままなのだという。

鈴娘は首肯した。

「とうぜんでしょう。貴妃様のご命令で見舞いにもうかがったわ」

「先日、河嬪がお住まいの梨花殿から牡丹皮が見つかった」

夕宵の言葉に、翠珠は彼がなにを疑っているのかを理解した。

鈴娘のほうは気づいていないとみえ、表情に不審を募らせるばかりだ。

「河嬪は、心当たりはないと仰せだ」

「だから、なんなのですか？」

いらだちを隠しもせず鈴娘は声を張った。とことんまで気が強い人だ。

「ならば単刀直入に問う。河嬪に牡丹皮を服用させて堕胎を目論んだのは、あなた達芍薬殿のものではないのか？」

しばしの絶句のあと、鈴娘は猛烈な勢いで嚙みつく。

「――ぶ、無礼な！」

「しかしこの帳簿には、あなたが三か月前から牡丹皮の購入をつづけていることが記録されている」

「だから、なぜ牡丹皮を求めたことで疑われるのですか？」

どうにもやりとりがかみ合わぬのは、双方が肝心なことを話していないからだ。鈴娘は、宮廷医局ではなく宮外で薬を買い求めた理由を。夕宵は、牡丹皮がなぜ流産につながるかを——。

「牡丹皮は、懐妊中の方にはあまり使用しません」

たまらず翠珠は口を挟んだ。刑事事件にかかわるつもりはなかったが、こればかりは医師としても放っておけなかった。

夕宵と鈴娘は二人同時にこちらに目をむけた。二人とも官人だから、衣装で翠珠が医官であることは分かるだろう。

「嘘よ、血の巡りをよくする薬だと——」

「そ、その通りです」

非難めいた鈴娘の口調に店主があわてて弁明する。翠珠も医師のはしくれとして助け船を出す。

「血の巡りをよくするということは、つまり流産の危険性を伴うのです。ですから妊婦の方への使用は注意を要します。どんな良薬でも適応を間違えれば、それは毒となりかねません」

自分達に疑いがむけられた理由に合点がいったのか、鈴娘は口を噤んだ。

すかさず翠珠は提案する。

「差支えがなければお聞かせいただけませんか？　呂貴妃様が、どのような症状により牡丹皮を服用するに至ったのか。それが適切であれば、こちらの御史も納得されるはずですから」

ちなみに生薬を単体で摂取することは、あまりない。病状や個人の体質にあわせていくつかの生薬を組みあわせる『方剤』として使用することがほとんどだ。

翠珠の提案に、鈴娘はしばし疑うような顔をしていた。だがこのままでは埒が明かぬと観念したのか、ぽつぽつと語りはじめる。

「ここ数か月、身体に色々な不調をきたされているのよ。夜に良く眠れない。身体がひどくだるくて、やたらイライラする。暑くもないのに汗をかいて、ときどき動悸が強くなって息苦しいこともあるそうよ」

「なるほど」

翠珠は相槌をうつ。

「それらは血の巡りが悪いゆえに、よく起こりうる症状ですね。そして呂貴妃様ぐらいの年回りの女性が、血の巡りによる症状で悩まされるのはしばしばあること。ゆえに牡丹皮は一般的な処方で、特に怪しむことではありません」

正直にいうと三十八歳というのは少し若いのだが、そのあたりは個人差がある。もっと若いうちから悩まされる者だっている。

　よどみない翠珠の説明に、鈴娘は安堵の色を浮かべる。対照的に夕宵は釈然としない顔をしていた。

「君は医官だな」

「はい。李少士と申します」

「医師としての意見は分かった。しかし梨花殿から、流産の危険性がある牡丹皮が見つかったことは紛れもない事実だ。もともと河嬪の流産には疑念が持たれていた。妊娠初期のうちならともかく、半年近くにもなって、なんの誘因もなく流産するなど珍しいと医官達も口を揃えていた」

　それは翠珠も覚えているし、知識としても知っていた。

　一般的に流産の危険は三か月辺りまでが高く、それを過ぎると落ちついてくる。半年頃での自然流産はあまり聞かないから、医官達が不審を抱いたのは止むを得ない。

　とはいえ、その頃になれば早産の危険性も孕んでくるから、妊婦が常に危険と隣り合わせの存在であることは間違いない。

「その河嬪の殿から牡丹皮が見つかり、流産の頃とときを同じくして、呂貴妃は宮外から牡丹皮を求めていた。宮廷医局に要請すればいくらでも手に入る薬であるにもかかわらずだ。ここになんらかの関連を疑っても不思議ではあるまい」

「ですが鄭御史は先程、呂貴妃様のこの店での牡丹皮の購入記録は三か月前からつづいているとおっしゃっていましたよね。河嬪様の流産の時期を考えれば、それ以前から三か月前までの間の購入でなければ整合性がありません」

そこで翠珠はいったん言葉を切る。

「それに故意に流産を目論むのなら、牡丹皮のような緩い薬は使いません。他にもっと適した薬剤があります」

翠珠の物騒な発言に、鈴娘と店主が目を剝く。

夕宵は形の良い眉を跳ね上げた。内心で翠珠はひるんだ。相手が御史台の官吏ということもだが、なにより異性からこんな怖い目で見られたことがない。女医を軽蔑する者から蔑みの目をむけられたことはあるが、それとはちがう。かといって反撃されたことによる怒りでもない。

夕宵の眸は、事を真剣に追及しようとしている御史台官のそれだった。

正直怖いし、かかわりたくはなかった。しかしこのままでは店主が捕縛されてしまうのだから放ってはおけない。

緊張で高まる鼓動を抑え、夕宵の鋭い眼差しを受け止める。ひるみそうだが、自分は間違ったことは言っていない。呂貴妃や鈴娘が実際になにをどうしていようと、牡丹皮にかんして嘘偽りは言っていない。

（落ちついて……）

翠珠は自分に言い聞かせた。知識に基づいて答えれば恐れることはない。相手が御史台官だろうと、たとえ皇帝であったとしても同じことだ。

「流産させることが目的なら、虻虫や酸漿根を使ったほうがより確実です」

「ボウチュウにサンショウコン？」

聞き覚えのない名称を、夕宵は怪訝そうに繰り返す。翠珠がうなずくと、夕宵は店主にと視線を動かした。

「確かか？」

「わ、私は先生達ほどの知識はありませんが、牡丹皮は堕胎目的ではあまり用いないかと存じます。もちろん懐妊中の方に危険であることに間違いはありませんが」

店主の意見を聞いた夕宵は、顎に手をあてて気難しい表情で思案していた。そわそわする翠珠と店主とは対照的に、鈴娘は不遜な態度を崩さないまま、まくしたてた。

「まったく意味が分からないわ。呂貴妃様の御子様方はお二方とも健やかにお育ちよ。そもそも亡くなられた皇后所生の皇太子はすでに成人しておられる。いまさら位の低い嬪が産む子供など脅威でもなんでもないわ」

「その通りです」

存外素直に夕宵は認めた。鈴娘はもちろん、翠珠も拍子抜けした顔をする。

夕宵はさして悔し気な顔も見せず、淡々と述べた。

「分かった。ここはいったん持ち帰り、再度調査を行おう。しかしあなたも余計な疑いをかけられたくなかったら、隠し事はしないことです」

一矢報いたかのような物言いに、鈴娘はむっとした顔をする。しかし彼女のほうも一方的に怒るのはちがうだろう。宮廷医局で出してもらえる薬をわざわざ街の薬舗に買い求めにきた、その理由を結局は説明していないのだから。流れ的に必要がなくなったというのもあるのだが。

夕宵と鈴娘が帰ったあと、店主は礼を言った。

「李先生。助かったよ」

「災難でしたね。呂貴妃はどこかお悪いのですか？」

「私は医者じゃないから良く分からないよ。処方箋(しょほうせん)通りに調合しただけなのに、まさかこんなことになるとはね」

やれやれとばかりに店主はため息をつく。

翠珠は首を傾げた。はたしてその処方箋は誰が記したものなのだろうか？　宮廷医が記したのなら、普通はその者の手で宮殿内の薬局で調合される。そこに在庫がなければ内城の医官局から取りよせる。

ということは呂貴妃の診察は、宮廷医が行ったものではなかったのか？　ならば医官達の間で、彼女の不調が話題にならなかったことも納得できる。だとしたら呂貴妃は、なぜそんな手のかかる真似をしたのだろう。

次から次へと浮かんでくる疑問に考えを巡らせたあと、答えが出ないことに飽きた翠珠は思考を打ち切った。

（まあ、私には関係ないし……）

宮中のことは、そちらの医官に任せればいい。

あと数か月。このまま医療院で研修を終えて、南州に帰る。拓中士という指導医にも恵まれた研修は、どうやら順調に終わりそうだと、このときまで翠珠は疑ってもいなかった。


それから三日後、翠珠は次長室に呼び出された。

開局当初の女子医官局は、男子の医官局の被官組織的な扱いだったらしいが、さすがに四十年もの時を経ると相応の独立性を持ってくる。特に内廷、すなわち後宮での地位は完全に女子が優勢だ。逆に外廷を含む皇城は、男性医官の活躍の場となっている。

「明日から内廷に異動が決まったわ」

まるで世間話をするように言われたので、翠珠はそれが辞令だととっさには気づかなかった。

「あ、あの、私ですか？」

「この場で、他に誰がいるのよ」

紫色の比甲を着けた向次長は呆れたように言った。外科を専門にする彼女の木で鼻をくくったような物言いは医官達の間でも有名だった。特別厳しいわけでも、まして意地の悪いことを言うわけでもないのだが、著しく情緒に欠ける。

四十代も半ばを過ぎているのに、きっちりと結った黒髪には一筋の白髪も見当たらない。小柄でほっそりとした体軀は少女のようで、とても子供二人を産んだ婦人には見えなかった。

医官も含めて、女医の既婚率はわりと高い。相手は同じ医師が一番多いが、医官にかぎって言えば宮中勤めの官吏もいる。ちなみに翠珠の父親は南州の役所に勤める地方官吏である。ただし離婚率も普通の女性に比べて頭抜けて高く、そのあたりも世間の目が厳しい一因でもあった。

「内廷勤務って、なぜですか⁉」

「私が訊きたいわ」

突き放すように向次長は言う。なるほど。これぐらい冷静でなければ外科医は務まらないのだろう。麻沸散（麻酔薬の一種）はまだ危険性が高く、容易には使用できない。苦痛を訴える患者を押さえつけてでも処置を施すには、炎の強さと氷の冷静さが必要だ。もっとも向次長の長年の研究課題は、その麻沸散の精度を上げることだと聞いているから、患者の苦痛に心が痛まぬわけではないのだ。

「太監長から依頼があったのよ。あなたなにか縁があるの？」

「知りません。私、太監（宦官）に知り合いなんて一人もいません」

「そうよね。医療院勤務のあなたに、どこで目をつけたものやら」

解せないというように向次長はしばし首を捻るが、すぐに考えても無駄だと割り切ったらしい。

「ともかく、太監長が自ら頭を下げてきたのだから断りようがないでしょう」

「太監長って、そんなに偉い人なんですか」

「そんなことはないわ。いまは昔みたいに、太監が横暴を働いている世じゃないからね。理屈の通らぬことであれば断れるわ。でも長官から誠実に懇願されたら、そりゃあ了解するわよ」

この場合、翠珠の意向はまったく反映されない。医官にかぎらず、上が指示した場所で黙って勤務するのが官吏というものだ。翠珠のような少士が次長の命に逆らうなど論外である。

そう分かってはいても、一応食い下がる。

「わ、私は家を継ぐために、医療院で研修をつづけたいのです」

「それならなおさらいいじゃないの。医療院のような広範囲な診療は実家に戻ればいくらでもできるでしょう。でも後宮での勤務は、他ではまず経験できないわよ。若いうちに経験はいくらでも積んでおきなさい」

理屈は一枚も二枚も向次長が上だった。

がっくりと項垂れる翠珠に、さすがの向次長も同情したと見える。少しばかり柔らかい物言いで言った。

「あなたならどこでも大丈夫よ。なんと言っても首席卒業なのだから」

臨床の場と学校の成績はちがう。一年と少しの研修期間で痛感したことを反論したかった。実際学校の成績が抜群でも、臨機応変が効かずに躓く者、患者や上司、同僚との人間関係で躓く者は男女を問わずに一定数いる。

「とりあえず、新しい指導医を紹介しておくわ」

もう、そこまで決まっているのか？　ここで未練が完全に切れた。でも世話になった拓中士にだけは礼を言いに行かなければと虚ろになりながら考えていると、向次長が隣室に呼びかけた。

「晏中士」

簾をかき分けて入ってきた人物に、翠珠は息を呑んだ。

緑色の比甲を着けたその人は、大袈裟ではなくまさに絶世の美女であった。

年の頃は三十前後で、けして若い盛りではない。

しかし彼女の突き抜けた美貌は、そんな俗的な価値基準を軽く凌駕していた。

官服に包まれた身体はすらりと背が高く、優雅なその立ち姿は青空の下で艶やかに咲く紫木蓮を思わせる。簪一つも使わず素っ気なくまとめた黒髪は、そうすることでその漆黒の絹糸のような艶がかえって際立っていた。

初雪の肌。きりりとした柳眉の下には、長い睫毛と濡れたような眸が輝く。

見る者に緊張を強いるほどの完璧な美貌に、翠珠は物も言えずに立ち尽くす。実際に目にしたことはないので想像だが、皇帝の寵妃もかくやの美貌である。

女子医官であればまちがいなく太医学校の先輩のはずだが、これほど美しい卒業生がいたとは知らなかった。一年でも在学期間がかぶっていれば、かならず記憶に残っていただろう。

ぼうっと見惚れる翠珠を前に、銀雪の上にはらりと落ちた椿の花弁を思わせる晏中士の朱唇が動く。

「あなたが李少士？」

挨拶もしない翠珠に特に気を悪くしたふうもなく、晏中士は問いかけた。

翠珠はわれに返り、急いで一礼する。しくじった。本来であれば弟子である自分から頭を下げなければならないというのに。

「よ、よろしくお願いします」

「こちらこそ。晏紫霞よ」

思ったよりも気さくに晏中士は名乗った。しかも空に描くようにして、名の文字まで教えてくれた。なるほど、紫の霞か。紫木蓮を連想したのは、あながち見当違いでもなかったようだ。

「李翠珠です。出身は南州で——」

「出身地とか、入学前の情報はいりません」

「え？」

「学校と医療院で、なにを学んできたのかだけでけっこうよ。時間が惜しいから話は医局に行きながら聞きます。次長、忙しくして申し訳ありませんが、またのちほど説明にうかがいます」

　一方的に告げる紫霞は、すでに踵(きびす)を返しかけている。気さく、では無さそうだ。あたふたする翠珠とは対照的に、向次長は慣れた顔で首肯する。

「いいわよ。こちらも急な依頼だったから、気にしないで」

「すみません。では、また」

　向次長に退出を告げると、紫霞は簾をくぐりぬけた。翠珠はあわてて後を追い、隣室から回廊に出たところでようやく追いついた。翠珠は別にのろまではないが、背の高い紫霞とでは足の長さがちがう。しかも彼女はけっこうな速歩(はやあし)なので、小柄な翠珠が小走りになってようやく追いつける相手だった。

　翠珠が追いついたのを見計らったように、紫霞は質問を投げかけてきた。

「医療院では、これまでどんな患者を診てきたの？」

「多種多様です。なんといっても景京中の老若男女が集まりますから」

「なるほど。そのあたりは内廷とはちがうのね」

「そうなのですか」

　内廷勤務の場合、基本的に患者は女性が多い。とはいえ太監もいるので、性別による疾患の偏りはさほどでもないと思っていた。

「診療はやはり、婦人科系の病が中心になりますか？　それとも妊娠関係が？」

「そのあたりが中心ね。それと――」

「それと？」

「解毒」

さらりと告げられた不穏な単語に絶句する。思わずその場に立ち止まった翠珠に、紫霞ははじめて足を止めた。

「解毒というより、毒の有無を調べることが主な仕事になるわ。解毒よりも摂取しないことがなによりだから」

「あ、あの……やはりそんなことが多いのですか？」

恐る恐る尋ねた翠珠に、紫霞は冷ややかな一瞥をくれる。

翠珠はびくっと身を揺らした。ひょっとして迂闊なことを訊いたのだろうか？　考えてみれば昨日の馬薬舗での騒動だって、後宮での毒騒動と言えばそうである。牡丹皮、いや虻虫も酸漿根も有効な生薬だが、使い方ひとつで有害となりうる。

夕宵には、堕胎目的で牡丹皮を仕込むのは現実的ではないと説明した。さりとて流産をした河嬪の部屋から、覚えのない牡丹皮が見つかった事は不審にちがいないのだ。

背筋がひやりとした。

「おそらく、世間が思っているほどではないわ」

ため息交じりに紫霞は言った。

「へ？」

「考えてもみなさい。同じ邸に住む家族ならともかく、別の殿舎に住む他人に毒を盛るなんて、そんなに簡単にできることじゃないでしょう」

「――確かに」

妃嬪達が住む各殿には、それぞれ調理場がある。通常の食事にひそかに毒を仕込むのだとしたら、相手の厨房の者を抱き込まなければならない。差し入れと称して毒物を提供したのなら、たとえ成功しても一発で特定される。

身内ではなく他人に故意に毒物を摂取させることは、それほどに難しい。相手が用心していればなおのことだ。現実は物語や戯曲とはちがう。鼠に毒餌をやるように簡単にはいかないのだ。

「でも妃嬪の方々が心配だと仰せなら、納得していただくためには調べてさしあげないとしかたがないでしょう」

気のせいか紫霞の物言いは、やや面倒くさそうだった。

なるほど、毒の調査とはそういうことか。

しかしそんな疑心暗鬼になるほど、後宮は剣呑な場所なのだろうか。市井の医療院では、解毒や毒見などほとんど縁のない話だった。稀に老人や子供が殺虫剤のような毒物を誤飲したとして運ばれてくるが、あれはあくまでも事故である。

たちどころに気持ちが重くなる。仕方がないと半ば諦めかけていた内廷勤務だが、こここにきて〝なぜ？〟という思いがふたたび強くなった。さらりと流されてしまったが、一面識もない太監長が頭を下げて頼んだというのも不自然だ。

（いったい、どうして私が？）

嘆き以上に、強い不審の念がこみあげる。

はたしてこの理不尽な人事は、宮仕えだからしかたがないの一言で済ませて良いものなのだろうか？　翠珠は答えを求めるように紫霞を見た。斜め後ろから見る彼女の顔は、正面から見るときとちがう憂いを帯びた美しさがあった。女医よりも良家の貴婦人であるほうがふさわしい美貌に、翠珠の中である記憶がよみがえった。

（え？　晏中士って、あの晏紫霞のこと？）

この国に女子太医学校が開校してから、半世紀近くが経つ。

近年こそ翠珠のように、家業を継ぐという理由で入学する女子医学生は珍しくなくなったが、少し前までたいていの学生は訳有りだったと聞いている。

太医学校の入学試験には、とうぜんながら一定以上の教養が求められる。そうなると入学者はある程度恵まれた家の者ばかりになってくる。しかし古い価値観を持つ良家であれば、なおさら娘を女医の道になど進ませるはずがないのだった。

家族の猛反対を受けて絶縁された者。天涯孤独。離婚歴を持つ者。寡婦も少なくなかったらしい。

その中でも、晏紫霞にかんする噂はなかなかに際立っていた。

良家に生まれ、美貌に恵まれていた彼女は、若くしてとある高官の息子に正妻として迎えいれられた。

しかし何年もしないうちに、不貞を理由に離縁されたのだという。

夫の女癖のひどさが理由で離婚に至った場合でさえ、婦人は一夫に添い遂げるべきだと批判される世では、女側の不貞というのはかなり衝撃的だった。

そこからどういった経緯で女医となったものかは、あきらかではない。そもそも色々噂をされているだけで、真相そのものが不明なのだ。紫霞も含めてある程度より上の世代の女子医官は、前述した事情から訳有りの過去を持つ者が多いので、基本的に他人の過去には干渉しないのだという。

彼女達に比べたら、翠珠はずいぶんと恵まれている。先日の患者のように嫌な思いをすることはたまにあるが、両親も祖母も、翠珠が医師となることを心から応援してくれているのだから。

「――というわけで、おおよその業務はこんなものね。なにか質問はある?」

作業台に手をついて紫霞は尋ねた。

内城にある次長室を出てから半日が過ぎた。ここまで皇城に置かれた宮廷医局内の案内と業務説明。そして顔を合わせた宮廷医官への紹介とに費やされた。男女の医官、あわせて十二、三人程に挨拶をした。

宮廷医局は杏花舎と呼ばれる建物で、診察室や薬局をはじめとした複数の設備を備えている。宮殿の正殿である太正宮から少し西に進んだ、外廷と内廷の間に位置する男女兼用の施設である。

宮殿は、皇城と宮城の二区画で構成される。太正宮から南が皇城。政務を行う外廷である。北が宮城。皇帝の私的空間の内廷、すなわち後宮である。

太監以外の男性が出入りできるのは、基本として太正宮までとなっている。

しかし二十年程前に大規模な太監の綱紀粛正がなされてからは、内廷における彼らの影響力は著しく低下していた。その結果、しばし太監以外の男性が内廷にも出入りするようになった。御史台官の夕宵が、後宮の刑事事件にかかわっていたのはその為である。

とはいえ自由に出入りができるということではなく、一般の男性官吏の内廷への出入りにはやはり制限がかけられている。太正宮を基準とした東西の線状に、太監房をはじめとして、医局や楽房等の男女が行き来する施設が建ち並んでいるのはそのためだった。

退勤時間まであと僅か。なにか質問はあるかという紫霞の問いに、翠珠は疲労困憊したまま首を横に振った。

「いいえ、おおむねは覚えました……」

「結構。内廷のほうは明日から案内しましょう。とはいっても私の担当は西六殿だから、そこが中心になるけれど」

なんのことだか全然分からないが、ひとまず翠珠はうなずいた。西六殿というのはおそらく後宮の区画名だろう。明日教えてくれるというのなら、そのときに覚えればいい。

「よろしくお願いします」

「では最後に、防已黄耆湯を三回分調合してちょうだい」

緊張と疲労でぼんやりした頭に、聞き慣れた言葉が刺さった。よもやここにきて調合を命じられると思わなかったので、翠珠は目をぱちくりさせる。

「……防已黄耆湯」

「分かる？」

「は、はい。水滞を改善する方剤ですね」

「良かった。知らないのかと思ったわ」

あながち冗談でもないように紫霞は言った。ひそやかに能力を試されていることに気がついた。

人の身体には、気、血、水の三要素がある。これらが全身の経絡を経てきちんと循環しないと様々な症状が生じる。水滞とは、水の流れが滞った状態をいう。

翠珠は薬箪笥から、必要な生薬を取り出した。天秤で分量を計測しながら、遠慮がちに尋ねる。

「ひょっとして、どなたかご懐妊中なのですか？」

「さすが首席卒業だけあるわね」

あまりにもさらりと言われたので、褒められたことにすぐには気がつかなかった。

水滞の症状として典型的なものに、むくみがある。原因となる状況は多々あるが、後宮という場所で真っ先に思いつくのは妊娠だった。

「芙蓉殿の栄嬪様がご懐妊中よ」

誰？　と内心で首を傾げた。医療院勤務だった翠珠は、後宮の妃嬪にはまったく関心がなかった。最上位である呂貴妃と流産をしたことで話題になった河嬪は知っていたが、それ以外の妃嬪は名前も宮殿も知らない。

「そうですか。それはおめでたいですね」

単純に祝いを述べた翠珠を、紫霞はまたもや冷ややかに一瞥する。緊張でどくんと胸が高鳴る。さっき褒めてもらったばかりだというのに、もうこの反応である。まったく春の空の紫木蓮よりも、凍雲の下の寒牡丹のほうが形容としてはふさわしい婦人だ。

「おめでたいことは確かだけど」

紫霞はわずかに表情を曇らせた。

「ただ同じ西六殿の河嬪様の気持ちを思うと、軽々しくおめでとうとは声もあげにくいでしょう」

つまり流産をした河嬪と懐妊をした栄嬪は、同じ区域に住んでいるわけか。

確かに心情的にはきついものがあろう。だからといって栄嬪を祝ってやらないのもちがうだろうとは思うが。

「本当なら、それはそれ、これはこれで割り切るべきなのでしょうけど……」

まるで翠珠の気持ちを読んだように、紫霞は独りごちた。

どうやら紫霞は、河嬪の境遇に同情を寄せているらしい。正直意外だった。威容ある美貌と淡泊な物言い。加えてまことしやかに流れる過激な噂も手伝って、紫霞に対して怖くて冷たい人という印象を持ってしまっていた。

(良くなかった)

翠珠は素直に反省し、まるで罪滅ぼしのようにせっせと手を動かした。

防已黄耆湯の構成生薬は、その名の示す通り防已と黄耆。加えて蒼朮。これは先日も医療院で風湿の患者にも調合した。

紫霞はほっそりとした腕を組み、まるで宝玉の真贋を見極めるかのような厳しい目で一連の作業を眺めていた。

「できました」

翠珠は調合した薬を机に置いた。生薬は煎じて使うものがほとんどなので、この段階では茶葉のようにかさばって専用の笊に入っている。

おそるおそる紫霞の顔を見上げる。身動きひとつどころか、長い睫毛の一本すら揺れていない気がする。

大丈夫だ。調合は間違っていないはずだ。

翠珠にとって、おそろしく緊迫した長い時間が流れた。実質的には瞬きを数度繰り返す程度の長さだったのだろうが、まるで四半刻も過ぎたような気がした。

「けっこうよ。きちんとできている」

ようやく紫霞の口から漏れた言葉に、翠珠は胸を撫でおろした。対して紫霞はにこりともしない。それぐらい当然だろうと言わんばかりである。まあ実際その通りなのだが――。

「明日、これを煎じて栄嬪様にお届けします。あなたに煎じてもらいますから、出勤時間までに調剤室に来なさい。今日はこれで退勤してけっこうよ」

紫霞は告げた。とりあえず今日は終わったようだ。少し残業になったけれど、初日にしては思ったよりも早く帰れるようだ。

「お世話になりま……」

退出の挨拶をしかけて、翠珠は途中で口をつぐんだ。紫霞が薬簞笥の引き出しを引いたからだ。

「あの、晏中士はお帰りにならないのですか？」

「私はまだやることがあるの。西六殿担当の医官が二人も忌引きで故郷に戻って仕事が多くなっているの。あなたがここに配属になったのも、それが理由よ」

「そ、それなら私もお手伝いします」

早く帰りたいのは山々だが、弟子の立場として残業に勤しむ師匠を残しては帰れない。

「けっこうよ。不慣れな人に手伝ってもらっても、かえって時間がかかるわ。そんなことより、こっちをしっかり覚えてきてちょうだい」

三尺下がって師の影を踏まず。そんな世の常識など知らぬといわんばかりの口ぶりで言い捨てると、紫霞は一枚の紙を手渡した。それは木版印刷で刷られた、後宮の見取り図だった。

翌日。翠珠は調剤室で煎じた薬を手に、紫霞とともに芙蓉殿にむかった。

皇城の正殿・太正宮の北側には、皇帝の居住区となる皇帝宮がある。その北側に牡丹宮とも呼ばれる、皇后が住まう宮が直線状に並ぶ。

南北に位置するこの三つの宮を中心に、東西にそれぞれ六つの殿が建っている。

東六殿と呼ばれる建物は、木蓮殿、芍薬殿、薔薇殿、睡蓮殿、木犀殿、桃花殿。

西六殿は菊花殿、梅花殿、蠟梅殿、紫苑殿、梨花殿、芙蓉殿で構成される。

さらにその北側には、やはり東西対称に皇子や皇女の為の住まいがある。書庫や劇場等の施設。それらの建物をつなぐ回廊は各区域の境界にもなっている。

東西十二殿の中でも、木蓮殿、芍薬殿、菊花殿、梅花殿の四つは特に格が高い建物とされ、妃嬪の中では上位とされる四妃、すなわち貴妃、淑妃、徳妃、賢妃に与えられることが多い。馬薬舗で夕宵が言っていたが、呂貴妃は東六殿の中の芍薬殿を賜っている。

いまから訪ねる栄嬪は芙蓉殿。流産の憂き目にあった河嬪は梨花殿で、共に西六殿居住である。

この東西各六殿を担当する女子医官は、中士以下でそれぞれに六人が定員だ。男子医官も配属されてはいるが、外廷の仕事も兼任しているのであまり係わってこない。

四妃以上の高位の妃は、さらに上の大士が四人で担当している。しかし現在は皇后不在で、妃の身分にある者は呂貴妃しかいない。だからといって、大士達が暇を持て余しているわけではない。対象の患者は少なくても、後任の指導、組織の管理、書籍の編集等、大士にはそれ相応の仕事があるのだった。

『芙蓉殿』と記した看板を掲げた朱塗りの門をくぐると、その先は石畳を敷いた院子(にわ)が広がっている。夏季らしい濃緑が茂る中、紫陽花(あじさい)、梔子(くちなし)、遅咲きの木香薔薇(もっこうばら)等の色取り取りの花が咲き競う。

正面には正房。両脇には廂房(しょうぼう)が並んでいる。この廂房には妃嬪付きの女官だけではなく、身分の低い侍妾(じしょう)も住んでいる。独立した殿を与えられているのは嬪より上の者だけである。

掃き掃除をしていた若い太監が、紫霞とその後ろに立つ翠珠に目を留めた。

「晏中士」

「こんにちは。栄嬪様の薬をお持ちいたしました。取次ぎをお願いします」

「あ、はい……」

太監はちらちらと翠珠を見る。その反応に紫霞は目敏(めざと)く気付いた。

「彼女は李少士といいます。今日から西六殿配属になりましたので、栄嬪様にも紹介しようと思って連れてまいりました」

「ああ、そうですか。ではお知らせしてきます」

太監は箒を壁に預けて、正房の中に入って行った。

程なくして戻ってきた彼は、翠珠達に中に入るように促した。

黒檀の格子扉を押し開くと、その先には前庁（ホール）が広がっている。正面には流麗な文字で記された扁額が掲げられ、両脇には精緻な銀細工の灯籠が吊るされている。

彩豊かな硝子玉を連ねた簾をかき分けたとき、奥から尖った女性の声が響いた。

「証拠はあがっているのに、なぜ呂貴妃を逮捕できないの？」

えらく不穏な発言に、さすがの紫霞も動きを止めた。

先日の馬薬舗での一件が、あのあとどうなったのかなど翠珠は知らない。拓中士に話したら『後宮のことは厄介だからかかわるな』と言われた。もとよりそのつもりだったが、まさか数日後にこんなことになるとは――。

ちなみにあの翌日、馬薬舗の店主が医療院を訪ねてきた。

差し入れの山盛りの包子はお礼だということで、ありがたくいただいた。そのとき聞いた話では、御史台に対して事件と無関係であることは証明できたが、呂貴妃との取引は停止させられたということだった。

『うちにかぎらずだけどね』

当面内廷には、外部からのあらゆる薬の持ち込みが禁止となったそうだ。薬舗のほうは商売あがったりだろうが、内廷の人間は大方の薬は医局で調達できるから別に困ることもない。それにおそらくだが、市井の薬舗より杏花舎にある薬のほうが質は良いはずだった。

だというのに、なにゆえ呂貴妃は市井の薬舗で牡丹皮を求めたのか。

ここにきて、ふと翠珠は迷った。

馬薬舗でのことを紫霞に話しておいたほうがよいのだろうか？

様子をうかがうと、紫霞は思いっきり柳眉を寄せている。気軽に話しかけられる雰囲気ではない。やがて紫霞は小さく舌を鳴らして奥に進む。翠珠はあとを追った。

隣室には、柾目が美しい花梨細工の腰掛けに若く美しい女性が座っていた。

栄嬪でまちがいないだろう。

胡蝶と蔓薔薇を刺繍した桃色の大袖衫。細やかな襞をつけた若草色の裙。腹部はふっくらと膨らんでいる。手の込んだ形に結った髷に、蓮華の象生花（造花）を挿している。明るい夏の日にふさわしい爽やかな装いだったが、艶やかな紅を重ねた唇から出た言葉は、外貌とはかけ離れてどぎつかった。

「いったい御史台はなにを考えているのよ！　私が河嬪の二の舞になったら——」

栄嬪は興奮して立ち上がりかけたが、ぴたりと動きを止め、とつぜん中腰のまま顔をしかめる。

「栄嬪様」

間近に控えていた女官と同時に、紫霞が声をあげて彼女に近づいた。

栄嬪は俯いたまま、ゆっくりと腰を下ろした。

「ちょっと眩暈がしただけよ」

「ご懐妊中は、お静かにお過ごしください」

「――あら晏中士。ちょうどよかった」

顔をあげた栄嬪はけろっとしていた。眩暈はもう収まったらしい。

「どうなの？　河嬪の流産の理由は分かったの？」

「そのことですか」

抑えてはいたが、紫霞の声音には辟易したような気配がにじんでいた。幸いにして栄嬪は気付いていていない。元々あまり愛嬌がある人ではないので、さして違和感もなかったのだろう。

それにしてもこれほど華やかに着飾った、いくつも若い皇帝の寵妃と並んでも見劣りしない紫霞の美貌はやはりそうとうなものなのだと、この場では見当違いのことを翠珠は思った。

「私はあくまでも医師ですから」

そう前置きをしてから紫霞は語りだした。

「河嬪様が口にしたものは、食事から薬まですべて御史台が調べました。いまのところ堕胎を促すようなものは見つかっていません。なぜ梨花殿から牡丹皮が見つかったのかはいまだに不明ですが、半年にもなろうという妊婦に流産目的で服用させるには牡丹皮では効き目が弱い。ゆえに呂貴妃様は無関係。河嬪様の流産は不幸な事故であるというのが、御史台が出した結論のようです」

紫霞の説明に、翠珠は驚いた。馬薬舗での騒動に巻きこまれてから数日。いつのまにそんなことになっていたものか。

(じゃあああの人、私の言いぶんを聞いてくれたのかな?)

再度調査を行うと言っていた夕宵のことを思いだす。もちろん最終的に判断をしたのは彼の上官だろうが。

しかしこの説明に、栄嬪は納得しなかった。

「その話は御史台官から聞いたわ。まったく、いくら呂貴妃に積まれたものやら。そんな馬鹿な話があるものですか。妊娠中の河嬪は、悪阻もほとんどなく健やかにすごしていたのよ。それがいきなり流産だなんてありえないでしょう」

「ないとは言えません」

「使えないわね、御史台も医官局も」

栄嬪は金切り声をあげ、手にしていた絹団扇を床に叩きつけた。御側付きの女官が慣れたことのように拾いあげる。花鳥を丁寧に繍いこんだ高価そうな品だった。

「ご期待に沿えず、申し訳ありません」

紫霞が頭を下げたのを見て、翠珠は内廷仕えの理不尽さを痛感した。どう考えたって無茶苦茶を言っているのは栄嬪のほうだ。

高貴な方を診る機会が多い宮廷医局は、出世にもつながりやすく女子医官の勤務先としては花形である。しかしそれだけ気苦労も多いのだと、昨日今日だけで骨身に沁みた。

(医療院に帰りたい……)

翠珠が淹れた茶を、うまそうにすする拓中士の顔を思いだして泣きたくなった。

紫霞の謝罪を受けても、栄嬪の怒りは収まらない。女官が手渡した団扇を忙しなく揺らしながら暴言を繰り出す。

「まったく、貴妃だからってなにを遠慮しているのよ。呂貴妃なんて、完全に薹が立った年増じゃない。もう何年も陛下のお召しはないのに、最上位だからって偉そうに人に指図をして。だいたい私の御子は、吏部尚書の孫になるのよ。南州商人の娘ごときの河嬪とでは格がちがうのだから、もっと慎重になってしかるべきだわ」

妊娠中の不安定な精神状況を配慮しても、人格を疑わざるを得ない発言だ。年上の相手に対して若さで優位に立とうとするのは、まあ若い女性にはありうる。この手の思考の持ち主は、いずれ自分が年を取ったときに、その価値観により人よりいっそう惨めに感じるだろうから放っておけばよい。

しかし河嬪の子供に対する発言は、いくらなんでもひどすぎるだろう。それに同じ南州出身の立場として言わせてもらえば、河嬪の実家は藩王に匹敵するほどの経済力を持つ豪商である。けして侮られる家柄ではないと翠珠のような庶民は思うが、官尊民卑はこの国の昔からの慣習だ。いずれにしろ栄嬪のいまの発言は、相手の生家に関係がなく許される類のものではないが。

女官達になだめすかされ、いらいらと団扇を揺らす栄嬪の腕の動きが少しずつ落ちついてきた。彼女の胸元で揺れる小鳥が静まったのを見計らって、紫霞がおもむろに口を開いた。

「栄嬪様。いつものお薬をお持ちしましたので、いまから準備をさせてよろしいですか？」

「誰、その娘は？」

ここにきて栄嬪は、はじめて翠珠を見た。この騒動の間、翠珠は紫霞のうしろでずっと立ち尽くしていた。

「紹介が遅れました。昨日より内廷付きとなりました、李少士です」

「よ、よろしくお願いします」

翠珠はその場に跪いた。妃嬪と対面するなんてはじめてだったが、さすがにこれぐらいの作法は習っていた。

「信頼できるのでしょうね？　河嬪の二の舞になるのはごめんよ」

「太医学校を首席で卒業した才媛です。そうでなかったとしても、栄嬪様のお口になさるお薬はすべて私が管理致しますのでご安心ください」

「ならいいわ。準備をしてちょうだい」

翠珠が立ち上がると、女官が置炉の前まで案内する。湯を沸かすのみならず、煎じ薬を温めるのにも使えるようになっていた。

鉄瓶を火にかけ、温まった頃合いを見て下ろす。茶杯に注いだ煎じ薬を、間近に控えていた女官を介して栄嬪に渡す。なにか疑いの言葉をかけてくるかと思ったが、存外に黙って薬を飲みほした。

栄嬪が杯を女官に返したのを見て、紫霞が言った。

「では、あとはいつもの通り。残りを二回に分けてお飲みください」

感情は面に出さずに淡々としていた。栄嬪の傲慢な暴言にも不快はもちろん、おびえた様子も媚びた様子も微塵もうかがわせなかった。


「呂貴妃様は、どこか患っておられるのですか？」

芙蓉殿を出るや否や、すぐに翠珠は尋ねた。

西六殿の宮道は石畳で整備されている。きちんと掃き清められた路面に、どこから飛んできたのか赤い花びらが一片舞い落ちた。

紫霞は足を止めた。

「栄嬪様の悪口じゃなくて、そっちなの？」

意外そうに言われて、翠珠はちょっと驚いた。栄嬪の横暴を前にこれといった反応を示さなかった紫霞だが、内心ではやはり不服に思っていたのか。

（そりゃ、普通の神経ならそうなるか）

なんとなくだけど、ほっとした。表に出すか否かは別として、あの横暴になんの不満も抱かないでいることが宮仕えなら、神経が参ってしまうと思ったからだ。

「栄嬪様の件にかんしては、お相手をした晏中士がなにもおっしゃらないのに、横で見ていただけの私がとやかく言うことはできません」

「本当に、拓中士が言ったとおりの娘(こ)ね」

「拓中士のことをご存じなのですか？」

「昔からお世話になっているわ。指導医もしていただいた。ということは、私とあなたは師姉妹になるのね」

後半の言葉は独り言のようだったが、ひょっとして親しみをこめたつもりで言ったのだろうか。そうなると翠珠にとって紫霞は、師匠であると同時に師姐(シージェ)という立場にもなる。

「拓中士は男女の先入観なく研修生を受け入れてくださるから、指導してもらった女子医官は多いのよ」

男女の医官局はそれぞれ独立しているが、研修生は性別を問わずに受け入れることになっている。女子医官局が男子医官局の被官だった時代の名残だが、現在でも技術の均一化を図るためにつづいている。

とはいえ特に年配の男性医官には〝女如きに〟という偏見もあるし、女性医官の中にも男子は指導したくないという者もいる。

「拓中士に私のことを、訊いてくださっていたのですか？」

「そりゃあ指導医になるのだから、引継ぎはしてもらうわよ」

とうぜんのことだとばかりに紫霞は言うが、初顔合わせ時の素っ気ない反応を思いだすと、そんな熱意を持ってくれていたとは意外過ぎる。

圧倒的な美貌と突き放すような物言い。良くない噂もあって近寄りがたく感じていたが、これはあんがい情に厚い人なのかもしれない。

「拓中士はあなたのことを褒めていたわよ。実家が医院だからか、患者と打ち解けるのが早く、身体の異変を見抜く力が冴えていると。臨床を重ねていったらきっと名医になるだろうって」

「そんな、大袈裟――」

「女でその才能を持ったあなたが、あの師匠に担当してもらったことは、すごく運がよかったと思いなさい」

照れ隠しの翠珠の謙遜を、紫霞は真剣な口調でさえぎった。

迫力に翠珠は息を詰める。紫霞の美しい顔には、一言では言い表せない複雑かつ鬱屈した様々な感情がからみあっているかに見えた。

梅雨の終わりに弱々しく明滅する蛍火のように、ぼんやりと翠珠は思った。

漠然とは感じていた。いままであたり前のように享受していた自身の環境は、女医としてかなり恵まれているのだと。

「呂貴妃様の件だけど」

あらためて紫霞は切りだした。

「東六殿にお住まいの方だから、私は詳しくは知らない。ただあちらを担当している医官が、数か月前に瘀血（おけつ）による症状として桂枝茯苓丸（けいしぶくりょうがん）を処方したと話していたわ」

瘀血とは、血の流れが滞ることをいう。女性によく生じる〝血の巡りが悪い〟という症状もこちらに該当する。桂枝茯苓丸は牡丹皮を主薬とする方剤なので、呂貴妃が馬薬舗で牡丹皮を求めたこと自体に矛盾はない。

「それで最初のうちは調子がよかったらしいのよ。けれどしばらくして急に、宮廷医の診療を拒否なさるようになったらしいの」

「それで市井の薬店で、薬を買い求めていらしたのですか？」

「おそらく、そうでしょうね」

「なぜそんなことに。ひょっとして担当医官が、なにかご勘気に触れたのですか？」

「そうかなと思って本人はだいぶん慌てていたみたいけど、でもそれなら別の医官に交代せよという命令になるでしょう」

「確かに」

治療に効果がなかったとしても同じことだ。そもそも最初は投薬も順調だったという話ではないか。ならばいったいなにが理由で、呂貴妃は診療拒否をするようになったのだろう。よもや変な呪術師が出入りなどしてやいないか。

（だとしたら、馬薬舗には来ないわよね）

ということは、薬そのものには頼っているのだ。

紫霞はふたたび歩き出した。

「さ、次は梨花殿に行くわよ」

「梨花殿？」

「河嬪様がお住まいの御殿よ」

次から次にと、渦中の人物ばかりだ。

流産という悲劇に加え、栄嬪のあの暴言を聞いたあとでは、一面識もない河嬪になんとなく肩入れしてしまう。

「河嬪様は、もうご回復なされたのでしょうか？」

「身体はだいぶん落ちついているけれど、お心がね」

もっともな紫霞の答えに、翠珠は言葉もなく黙りこむ。

「特にここ数日の塞ぎこみ方はひどくて、診察のためになんとかお顔を見せてもらえるぐらいよ。それも三回のうち一回ぐらい」

気鬱の症状の回復は波があることが一般的で、単純な上り調子に回復するほうがむしすのである。

ろ少ない。そうやっていくつかの波を乗り越えて、ようようにして健全な状態を取り戻

しかし――。

「ここ数日ですか?」

梨花殿から牡丹皮が見つかったのも、確かそれぐらいだったはずだ。

ひょっとしてそれが、なにかの起因となったのだろうか?

気鬱の状態にある者は、ほんの些細な刺激で気持ちが沈む。健康であれば、それこそ笑い飛ばせるようなことであっても。牡丹皮の存在、呂貴妃への疑いなどが落ち込みの誘因になったとしても不思議ではない。

「あなたは河嬪様と同じ南州出身なのでしょう。故郷の話でもしてさしあげて、少し元気づけてあげてちょうだい」

しんみりとする翠珠に、紫霞は少し口調を和らげて言った。

余計な情報はいらぬと自己紹介を中断させたが、さらりと口走った南州という単語を紫霞が覚えていたことに翠珠は驚いた。

結論を言えば、翠珠は河嬪を励ますことはできなかった。

というより翠珠だけが会ってもらえなかったのだ。

たとえ挨拶だけでも、初対面の人間とあれこれやりとりをする気力がいまの河嬪にはないのだと、取次ぎ役の女官が言った。しかも河嬪の意向を聞きに一度奥に入ってからの返事だったから、本当にそうなのだろう。同郷であることは告げてくれたそうだが、効果はなかったようだ。

「しかたがないわね。あなたは先に杏花舎に戻っていなさい」

あまり執着することもなく紫霞が言ったので、翠珠は素直に踵を返した。

梨花殿を出て、宮道を進む。掃き清められた石畳と軒端を伸ばした塀が延々とつづいている。途中で幾人かの女官や太監とすれ違ったが、知らぬ者ばかりだった。内廷勤務二日目なのだからとうぜんだ。

「結構な人通りなのね」

翠珠は独りごちた。後宮の美女三千と俗に言うが、いったいどれほどの人間がこの広い内廷に勤務しているものだろうか。翠珠は紫霞からもらった地図を広げた。これは本当に助かった。太陽がほぼ天頂の位置にのぼり、西も東も分からぬこの刻限では絶対に迷う自信があった。

遠目に西六殿を抜ける門が見えてきた。良かった、道は間違っていなかった。心持ち急ぎ足になるのを自覚しながら進んでいると、やがて門柱前に女官が立っていることに気づく。

「蘇女官？」

歩み寄ってきたのは鈴娘だった。青灰色の襖に深緑色の裙は、街で見た時よりも少し地味な装いだ。妃嬪に仕える女官が主人より目立ってはならないのは常識である。

「李少士。良かったわ、会えて」

「え？」

おかしな発言だ。先日まで医療院勤務だった翠珠が後宮にいるのだから「なぜ、ここにいるの？」と訊くべきだろう。しかし鈴娘は驚くどころか、むしろ待ち伏せしていたかのように言った。

短い思案のあと、はっと閃く。

とつぜんの内廷勤務には疑問しかなかった。しかも一面識もない太監長の依頼だというのだから、裏がないはずがない。

「もしや私が急に内廷勤務になったのは、蘇女官が？」

「私ではないわ。さる方のお力添えよ」

「お力添えって……」

恩着せがましい単語に、この段階ですでに耳を疑っていた。

ひょっとしてこの人は、私が内廷勤務を栄誉と受け止めていると思っているのだろうか？　だとしたらさすがに言ってやりたい。私は医療院の仕事が好きで、あそこで研修を終えたかったのだと。

「あのっ――」

「誰だと思う？　呂貴妃様よ」

鈴娘が得意気に告げた名に、翠珠は喉元まで出かけていた文句を呑みこんだ。さすがにその人相手に「迷惑です」とは言えない。

「馬薬舗で、あなたに助けてもらったことをお話ししたら、そんな優秀な医官が医療院で燻っているのはもったいないから、是非引き上げてやるようにとお命じになったのよ！」

意気揚々と語る鈴娘に、翠珠の頭の中で『裏目』という単語が反復する。本当のことを言えば『恩を仇で返す』が一番ふさわしいが、悪意がないのだからそこまでは思えない。

「あなたに会いたくて、ここで待っていたのよ」

その言葉に即座に不審を抱く。ならば杏花舎に遣いを寄越せばいいだけだ。こんなところで待つなど、あきらかに不自然である。

そもそも翠珠がこの時間にここに来たのは、河嬪に拒否されたからだ。そうでなければ、ここに来るのは四半刻後にはなっていた。それも紫霞と一緒に。

（晏中士と離れたのを見計らって？）

梨花殿からここに来るまで、すれちがった女官や太監を思いだす。やたらと数が多いとは感じたが、ひょっとしてあれは——監視されていた？

ひやりとしたものが背筋を撫でる。

その反応をどう受け止めたのか、鈴娘は高揚していた声音を少し落とした。

「怖がるような話ではないわ。ただあなたに依頼をしたいと、呂貴妃様が」

断る術はなかったし、これでだいぶんはっきりした。おそらくだがその依頼のために、翠珠は内廷勤務に回されたのだ。呂貴妃ほどの地位にあれば、新人医官の配属などどうにでもなるはずだ。

翠珠は腹をくくった。こうなったら〝怖がるような話ではない〟という一言にすがるしかない。

「お伺いします」

鈴娘は晴れやかに微笑んだ。悪意のない、傲慢な笑みだった。断られる可能性、その依頼が翠珠にとって厄介事であるなど微塵も考えていない。それどころか栄誉を与えているかのような態度である。

（これが、内廷仕えか……）

圧倒的な身分差の中では、上の者は自分の意向を通すことのみを考え、下の者の気持ちなど露程も考えない。あるいは医療院でも似たような理不尽はあったのかもしれないが、拓中士という良き師に恵まれた翠珠には縁のないことだった。

内廷勤務は、貴き方々とかかわる華やかな女子医官の花形。

けれどその栄誉を担うには、時として信じがたい忍従や屈辱を強いられるのだ。二日足らずの勤務で、翠珠はそのことを思い知らされたのだった。

「李少士、楽にせよ」

頭上から響いた声に、御前に跪いていた翠珠はゆるゆると立ち上がった。

芍薬殿の主・呂貴妃は、炎のように苛烈な威容を備えた佳人であった。

彫の深い整った面差しに、くっきりと濃い化粧が映える。緋色の絹に深緑色の糸で吉祥文様を縫いとった、襟の詰まった大袖衫。高く結い上げた髷の両側には、精緻な金細工の簪を挿し、細い金鎖と小粒の翡翠を使った歩揺が顔の横で揺らぐ。

蒸し暑い室内でのきっちりとした衣装のせいか、こめかみのあたりにうっすらと汗がにじんでいた。柘榴の花を刺繍した絹団扇を胸の下で小刻みに震わせているさまが、見る人に癇性な印象を与える。

呂貴妃は品定めでもするように頭からつま先までゆっくりと翠珠を凝視し、ようやく口を開く。

「先日はそなたが、御史台の私への誤解を解いてくれたそうだな」

「さように大袈裟なことではございません。ただ鄭御史の主張には、医学的にあきらかな矛盾がございましたので、医官として指摘させていただきました」

「頼もしい」

ぱちりと音をたてて碁石を置く。そんな響きを持つ声だった。

身構える翠珠の耳に、別の幼い声が響いた。

「あなた、どうかお母さまを助けてちょうだい」

やぶからぼうな要求をしたのは、薄紅色の襖裙をつけた小柄な少女だった。
十三、四歳あたりだろうか。誰よりも呂貴妃の近くにいたので、女官達の陰にかくれていて存在に気がつかなかった。
「安倫公主様、ご心配召されますな。この医官は信頼できますから」

女官は可憐な公主をなだめるが、あまりにも一方的な展開に翠珠は戸惑うばかりである。公主というのは帝の娘に対する称号だから、この少女は呂貴妃の娘だろう。そういえば呂貴妃には、皇子と皇女が一人ずついると聞いていた。

それにしても〝助けて〟などと、穏やかではない。

「私はまだ二年目の研修医ですので、ご希望には添えぬやもしれませぬ」

「そんな大変なことは頼まないわ。この方剤が、正しく調合されているかを確認して欲しいだけよ」

笊を持って近づいてきたのは鈴娘だった。中には煎じる前の方剤が入っていた。

「ひょっとして、桂枝茯苓丸ですか？」

「分かるのか？」

おっ、とばかりに呂貴妃は目を見開くが、翠珠は首を横に振った。

「そうではありません。馬薬舗で牡丹皮を求めていらしたことと、そこで蘇女官からお聞きした症状で、なんとなくそうではないかと――」

　嘘である。呂貴妃が桂枝茯苓丸を服用していたことは、紫霞から聞いていた。

　しかし呂貴妃がどうやら宮廷医局に不審を抱いているらしいことを考えると、ここでは言わない方が無難に思えたのだ。

　鈴娘は紫檀(したん)の円卓の上に笊を置いた。歩み寄った翠珠は、あらためて尋ねた。

「こちらは、杏花舎で調合したものですか？」

「そうよ。今朝、医官が持ってきたわ」

　宮廷医局では栄嬪にしたように、煎じたものを提供することが多い。薬を煎じることそのものは難しくないが、弱火で長時間かけて煮出さなければならぬので、各殿でしてもらうには手間がかかるからだ。しかしそれをせずに、あえて方剤の状態で持ってこさせたということは――。

「だから念のために、あなたに確認してもらおうと思ったの」

　悪びれるどころか遠慮したふうもない鈴娘の傲慢さには、なんとなく憎めないところも含めてもはや畏(おそ)れ入る。

　なるほど。呂貴妃が宮廷医局からの診察や投薬を拒否していたのは、つまりそういうことだったのだ。

　切っ掛けは分からぬが、呂貴妃は宮廷医局に不審を抱くようになった。そして提供される薬を拒み、外で買い求めるようになった。

しかし今回の一件で、薬を手に入れるのに宮廷医局を頼らざるを得なくなった。

妙なものが混入されないように、煎じる前の状態で持参させて、その確認をこれまで宮廷とは縁のなかった翠珠に委ねようと考えたわけだ。

（ていうか、そのためだけに私って配置換えされたの？）

あまりの自己都合に怒りさえこみあげてくるが、貴妃がそう命じたのなら甘受するしかない。気が乗らないまま方剤を確認する。あんのじょうというかとうぜんというか完璧な桂枝茯苓丸で、毒物になるものなどなにひとつ入っていなかった。

「ご心配いらぬものと存じます」

呂貴妃は少しだけ表情を和らげたが、それはすぐに険しいものに戻る。

「河嬪を流産させた犯人が捕まるまで、迂闊なものは口に出来ぬ」

呂貴妃は吐き捨てた。強く握りしめた絹団扇が、また震えていた。

「河嬪様の流産は事故だと、御史台は結論付けたとお聞きしましたが」

「信頼できるか」

苛立ちを露わにして呂貴妃は言った。険のある物言いに翠珠は耳を研ぎ澄ます。

姿形のみならず声にも、些細なことにも神経を尖らせる癇性な性格が如実に現れている。

「きっと栄嬪が仕組んだのでしょう。同じ西六殿同士、毒物を仕込むこともたやすいはず」

煽るように鈴娘が言った。実は栄嬪も同じく呂貴妃を疑っていたと教えたら、どんな顔をするだろう。好奇心で片づけるには悪質な考えがひょいと浮かんだが、さすがに実行する勇気はない。

「その頃から、私の不調もはじまった」

絞り出すように呂貴妃が吐露した言葉に、やはりそうかと腑に落ちた。

時系列が複雑だが、紫霞の説明と併せて鑑みるに、こういうことだろう。

当初は宮廷医が処方した、桂枝茯苓丸の服用で不調の改善がみられていた。

しかし河嬪の流産と同時期から、ふたたび症状に悩まされるようになった。河嬪の流産には不自然な点が多く、当初から人為的な要因が疑われていた。それゆえ呂貴妃は、自分の薬にもなにかの毒物が混入されたのではと考えたのだ。

要するに呂貴妃は、自身の不調と河嬪の流産に、栄嬪と宮廷医局の共謀を疑っているのだ。

「栄嬪なんて、天罰が下ればいい！」

それまで黙っていた安倫公主が叫んだ。

「たかだか嬪の分際で、貴妃であるお母さまを事あるごとに蔑ろにするような高慢な女よ。いったいなぜお父様は、あんな図々しい女を特別扱いするの」

娘として母を思いやっての発言だろうが、高慢という点ではどっちもどっちだ。

栄嬪をかばう気は毛頭ないが、彼女の位が低いのは、年若く入宮してまだ間がないからだ。後ろ盾や帝の寵愛を鑑みても、出産を無事に終えたらまちがいなく妃の位を賜るだろうと噂されている。

その一方で年端もいかない少女にここまで言わせるのだから、栄嬪のふるまいはそうとう目に余るものがあったのだろう。

「落ちつきなさい、公主」

呂貴妃がなだめる。その眼差しには母の慈愛が満ちている。きっと仲の良い母娘なのだろう。しかし若年の安倫公主の高慢な発言に対して一言の咎めもないのは、親としていかがなものかとは思う。

「他にご用件はございませんでしょうか?」

公主が落ちついたのを見計らい、翠珠は婉曲に退出を願い出た。方剤の確認は終わっているので、もう用はないはずだ。否応なく連れてこられて言付ける間もなかったので、紫霞が杏花殿に戻っていたらさぞかし心配しているだろう。

はたしてそれは許可されて安堵したのだが、見送りについてきた鈴娘に「また、お願いするわね」と当然のように言われたときは、たちどころに気が重くなった。

芍薬殿の門を出たとき、見知った顔と鉢合わせした。

夕宵だった。案内役と思しき太監に先導されて、宮道を歩いてきていた。

「君は確か……」

とうぜんだが、むこうもばっちり覚えていた。

翠珠は辟易した。よりによって芍薬殿で、面倒な相手に会ってしまった。馬薬舗で呂貴妃への嫌疑を晴らしたことに、妙なつながりを勘繰られたら厄介である。

「先日はお騒がせいたしました」

皮肉のようにも聞こえるが、他に言いようがない。どう受け止めたのか夕宵は気まずげな顔をし、しかしゆっくりと首を横に振った。

「いや、むしろ助かった」

意外な答えに翠珠は目を瞬かせる。そういえば河嬪の流産が事故と結論付けられたのは、夕宵が翠珠の意見を取り入れてくれたからかと考えた。

（そのことを言ったの？）

助かった、と。だとしたら最初の印象よりも謙虚で、かつ公正な人なのかもしれない。鈴娘や安倫公主の高慢な言動を目の当たりにした直後だけに、なおさら思う。

取次ぎを求めて門内に入っていた太監が、別の太監を伴って戻ってきた。二人が着用している官服は、色合いと意匠が少し異なっていた。

「鄭御史。呂貴妃様はただいまお休み中でお会いできないと」

え？　と声を上げそうになった。そんな馬鹿な。翠珠とは、つい先程話したばかりではないか。

「またか。よほど嫌われたとみえるな」

「あ、そういうことですか」

うっかり口を滑らせると、夕宵はむっとした。失言だったと翠珠はあわてたが、夕宵は小さく肩を落としただけで、とやかく追究してはこなかった。

新しくやってきた二人目の太監が、遠慮がちに言う。

「申し訳ございません。しばらくは何度足を運ばれても、同じことかと」

中にいるときは気づかなかったが、こちらの太監は芍薬殿付きの者のようだ。

呂貴妃の拒絶は、おそらく先日の馬薬舗での騒動が尾を引いているのだろう。話をしたのは鈴娘だろうが、彼女の気質とあのときの状況を鑑みれば、夕宵のことをよく伝えているはずがない。

「外廷の方がこちらにお越しになられるのは、なにかと手続きが大変でしょう。御気色を見計らって、私のほうから時宜をお知らせいたしましょうか？」

「気遣いには感謝するが、それではあまり意味がない。具合が悪くなられたという話を聞いたので、なにか不審な点がないかを調査しにきたのだから。可能なかぎり時間をおかずに状況を確認したいのだ」

夕宵の答えに、翠珠は納得した。

やはり彼はこういう人なのだ。馬薬舗での強引とも取れる捜査も、別に呂貴妃を侮っていたわけではなく、御史台官としての責務を果たしただけだったのだ。

ゆえに同じ理由で、呂貴妃の様子を確認にきた。相手が妃嬪でも忖度をしないように、凋落した妃嬪でも粗略に扱うような真似はしない。

「それならば、ご心配には及びません」

翠珠は口を挟んだ。

「私は先程、呂貴妃さまにお会いして、方剤を確認してまいりました。毒などひとかけらも含まれておりませんでした」

「薬にはな」

すかさず夕宵は返した。

「薬よりも、むしろ食事のほうが危ない」

「食事は大丈夫です。なにしろ調理は芍薬殿内でしておりますから」

芍薬殿付きの太監は主張するが、食材そのものが危険な場合の弁明にはならない。

「あなた達を疑っているわけではない。しかしその疑念があることを、もう一度呂貴妃様に伝えてきてくれぬか」

「かしこまりました」

夕宵の要請を受けて、太監はふたたび門内に入って行った。彼の背中を見送る夕宵の横顔には、懸念の色が濃くにじんでいた。呂貴妃を心から心配している者でなければこんな顔はしない。

どうしようかという迷いが、この人になら言ってもよいのかもしれないという期待に変わる。そう思ったら、すでに口をついていた。

「呂貴妃様は、なにか患っておいでなのかもしれません」

夕宵は背中を一突きされたように、翠珠のほうを向いた。

「患うとは、病か？」

「そうです」

「なんの病だ」

「それは分かりません」

からかっているのかと言わんばかりに夕宵は眉をひそめた。そんな顔をされたってしかたがない。こっちは研修中の身だ。指導医の助けを借りずに、診断などができるはずがない。

だが呂貴妃をひと目見たときから、その異変は気になっていた。だから話している間中も、ずっと診ていた。彼女の訴えのみならず、見た目、話し方、息遣いを注意深く観察した。

けれど依頼もされていないのに、それを本人に告げることには躊躇いがあった。研修医という未熟な立場もあるし、そもそも自分の能力ではまだ診断が下せないという引け目もある。

けれどこのまま不調に悩まされ、疑心暗鬼を深めていくであろう呂貴妃のことを思うと胸が痛む。そして夕宵の誠実さを目の当たりにしたことで、翠珠は彼に相談をする気持ちで訴えた。

「彼女の不調は、病のためだと思います」

夕宵はまじまじと翠珠を見下ろしていた。

まともな役人であれば、翠珠のように若く経験も浅い医官の言い分を鵜呑みにしない。それでよいのだ。御史台の官吏がそんなに安易では、刑事事件の捜査などとうてい任せられない。

しかし相手の境遇を理由に端から話を聞くことすらしないのは、これもまた御史台の官吏として失格である。刑事事件の捜査は、身分、職業、年齢、性別のあらゆる先入観をなくして行われなければ、真実が歪められかねない。

果たしてこの人は、どう応じるのか。

「では、どうしたらよい？」

夕宵の返答に、翠珠は眉を開いた。

「杏花舎まで、お出でいただけますか」

翠珠は提案した。

「私が診てきたことを、指導医に話します。そのうえで私ではなく彼女の診断を仰ぐべきかと存じます」

翠珠が杏花舎に戻ってきたのとほぼ同時に、紫霞が戻ってきた。おかげで不在を心配させずにすんだのは幸いだった。

しかし見知らぬ御史台の官吏を連れてきたのだから、別の理由で心配させた。内廷に慣れぬ翠珠が、なにか不始末でもしでかしたのかと思ったらしい。

ともかく凡事ではないと判断した紫霞は、話しあう場所をひと目のある詰所から客間に移した。

「いったい、どういうことなの？」

翠珠と夕宵の顔を見比べ、不審げに紫霞は問う。客間には長卓と四脚の椅子が設えてあったが、誰も腰を下ろさなかった。

「晏中士、実は……」

馬薬舗での騒動を含めて、ここまでの一連の事情を説明しはじめると、紫霞はその美しい顔をみるみる内にしかめていった。そうして話を聞き終えたあとは、地の底から上がってきたようなため息をついた。

「あなたは西六殿に配属されたのよ」

その一言に、紫霞の憂鬱や懸念がすべて凝縮されていた。

管轄外の診療にかかわっては、そちらの担当医官との軋轢を起こしかねない。よしんば医師同士ということで事情を汲んでもらえたとしても、ただでさえ猜疑心が強い呂貴妃が、栄嬪を担当している紫霞の診療を受けるとはとうてい思えない。そもそも栄嬪に知られでもしたらと想像するだけでぞっとする。

　とはいえ翠珠にも、あの場で鈴娘の誘いを断ることなどできなかった。なぜならあれは誘いなどではなく命令だったからだ。

「申し訳ありません」

「しかたがないわ。呂貴妃様もそのつもりで、あなたを強引に配置換えしたのでしょうから」

　翠珠の謝罪とやるせない事情を、紫霞はあっさりと受けいれた。長く内廷勤めをしているだけあって、理不尽を受け入れる能力は翠珠より高いようだ。

「晏中士。東六殿の医官の方にお話しいただけませんか。呂貴妃様のご容態のことをお伝えしたいのです」

「受け入れるわけがないでしょう」

　けんもほろろに紫霞は言った。最初は東六殿の医官達がかと思ったが、少しして呂貴妃のことだと気づく。指摘されてみれば、確かにそうだ。呂貴妃は宮廷医局全体に不審を抱いている。だからこんな強引な方法で、医療院にいた翠珠を内廷勤務にしたのだ。その呂貴妃が簡単に東六殿の医官達の再診を受けるはずがない。

　二人のやりとりを聞いていた夕宵が、おもむろに口を挟む。

「では、私の上司に口利きを頼んでみよう」

　予想外の提案に翠珠は驚く。

「とってもお前の上司で、いまは大理寺（裁判所のような所）で少卿（次官）を務めておいでだ。実は呂貴妃には甥にあたる方なのだ」

「甥御様？」

「年はまだお若いが、優秀で公明な方なので貴妃も信用なされている。しかもお二人は同じ邸で、実の姉弟のように仲睦まじくお育ちになられたと聞いている。身内の進言ならお聞きいただけるかもしれない」

疑心暗鬼にすっかり苛まれていたあの呂貴妃に、そんな人物がいたとは想像もしていなかった。

「そんな方がいらっしゃるのなら――」

「御史台の方が、なぜそこまで貴妃様の受診に熱心なのですか」

ほっとする翠珠の気持ちに水をさす、冷ややかな紫霞の声が響いた。翠珠はぎくりとしたが、夕宵はひるまずに応じた。

「病であることがあきらかになれば、毒物がないことを証明できるでしょう」

翠珠に対するより丁寧な言葉遣いになったのは、紫霞が年上だからだろう。そういえば鈴娘に対してもそうだった。あるいは多少は紫霞の美貌も関係しているのかもしれない。男女関係なく、彼女の容姿は初対面の相手を軽く威圧する。

「逆にそうではなかったとしたら、私達御史台官は毒物混入を念頭に捜査をしなければなりません」

　ないものをないと証明するのは、本来であれば至難の業だ。しかし病と証明できれば可能となる。つまり翠珠の判断が正しければ、毒の有無にかんする御史台の疑念が晴れるのである。

「貴妃の不調が病なのか、あるいはなんらかの作為があるのか。御史台の官吏として私が知りたいことは真実だけです」

　夕宵の説明に、紫霞はしばらくうつむいて沈思していた。だが、やがて腹をくったとばかりに顔をあげる。

「分かりました。では呂貴妃様が診察を受けることを説得いただけたら、東六殿の担当医官には、私が事情を説明しましょう」

「かたじけない」

　ほっとした顔の夕宵につづき、翠珠も頭を下げる。

「晏中士。ご迷惑をおかけします」

「詫びる前にすることがあるでしょう」

「はい？」

「呂貴妃様の状態はどうなの？　なにをもってあなたは彼女に異変があると判断したのか、それを教えてくれなければ東六殿に説明ができないわ」

　もっともな言い分である。

「私が見たかぎり――」

翠珠は切りだした。

「呂貴妃様は、かなり激しやすくなっておられるようです。加えて易疲労（疲れやすいこと）が顕著で、多量に汗をかいておられました。息切れや動悸が頻繁に起こるとも仰せでした」

「その激しやすさは、もともとの性格のせいではないの？」

「私は以前の気質を存じ上げませんので、そこはなんとも申せません。ですがそれが本来の性格であれば、患者は不調を訴えることはせぬと思います。けれど呂貴妃様は不調を訴えられた。健康なときに比べ、自身の容態に違和感があったからでしょう。そうなると感情の起伏の激しさも不調が原因なのかもしれません」

そこで翠珠がいったん言葉を切ると、あとを受け継ぐように紫霞が語る。

「そうよ。血の巡りの悪さは、時として精神不安をきたしやすい。だから桂枝茯苓丸が処方されたのよ。そしてそれは効果を示した。けれどなぜか再発してしまい、また不調となった」

「……再発」

「ちがうの？」

やけに挑発的に紫霞は言った。翠珠は口許に手をあてて思案する。

はたして再発なのだろうか？　確かに呂貴妃の症状は、血の巡りの悪さによるものに類似している。

ならば、なぜ桂枝茯苓丸が効かなくなったのか？

確かに病そのものは変わらずとも、本人の体質が変わったことで以前の処方が効きにくくなることはある。しかし患者本人や周りが、毒を盛られたと疑うほどに悪化することがあるだろうか。

もちろん疑心暗鬼になっている呂貴妃が、過剰に心配しているだけという可能性もある。けれどその疑心暗鬼、並びに激しやすさなどの精神的な不安定も、病故だと考えたとしたら。

「いいえ。私はそう思いません」

はっきりと翠珠は言った。指導医の意見に真っ向から歯向かうという、なかなかの無礼に対して紫霞は顔色ひとつ変えない。そうだろう。むしろ彼女は翠珠を誘導かつ挑発しているのだから、この反応は望むところにちがいない。もっとも意気込んだ翠珠はそんなことに気づく余裕はなかったのだが。

「私は再発などではなく、呂貴妃様はなにか別の病を発症、あるいは併発しているものと考えています」

「だとしたら、その根拠は？」

核心に切りこまれ、翠珠は言葉を失くす。それが答えられるのなら、こうして紫霞に相談していない。

答えられずにいる翠珠に、紫霞は大袈裟な所作で首を横に振った。

「それだけでは、まだ確定できないわ」

「ですが……」

「なにを諦めているの。ここまで押し切ったのだから、本当はもっといろいろと診てきたはずでしょう」

いよいよ翠珠は追いつめられる。

分かっている。なにかあるはずだ。あれだけじっと診ていたのだから必ず。

診断の切っ掛けとなるもの、あるいは不調の原因となる異変を見たはずなのだ。それを見落としているのか、たいしたものではないと考えてしまっているのか。

「……李少士？」

ここまでずっと黙って様子を見守っていた夕宵が、心配そうに声をかける。しかし翠珠に答える余裕はない。神経を集中させ、呂貴妃と対面したときの光景を脳内に再現するのに精一杯だった。

考えろ。呂貴妃はどのように振舞っていた。どんな話し方だったか。どんないで立ちだったか——襟の詰まった緋色の大袖衫は見るからに暑そうで、実際に呂貴妃はけっこうな汗をかいていた。柘榴を縫いとった絹団扇を手にしていたが、あんな上品なものでは煽いだところで焼け石に水だろう。

そのとき、脳裡にぱっとそのときの光景がよみがえった。

「団扇⁉」

翠珠は声をあげた。

目を円くする夕宵を無視して、翠珠は紫霞に詰め寄った。

「団扇が揺れていました」

「それは振戦（無意識の震え）？」

「おそらく」

翠珠は大きくうなずく。神経質な性格から、いらついてのものだと思いこんでしまっていた。けれど、あれが病的なものだったとしたら――。

翠珠の訴えを受けて、紫霞はなにかを勘定するように一本一本指を折る。

「極度の精神不安。動悸。息切れ。易疲労。発汗がひどく、振戦がある。ねえ、震えていたのは団扇を持ったほうの手だけだったの？　それとも両手？」

あらためて告げられた数々の症状が、箇条書きにしたように頭に浮かぶ。すると学生時代に書物で読んだ、そして実家の医院でも聞いた覚えのある病名がよみがえった。

「――癭病（バセドウ病）」

息を吐くように告げた翠珠の診断に、紫霞は満足げにうなずいた。その傍らで夕宵が、訳が分からぬ表情で二人を見比べていた。

甥(おい)である呂少卿の説得を受けて、呂貴妃は宮廷医局の診察を受けた。

予想通り癭病の診断が下り、担当医官は、心肝の熱を冷ます清熱(せいねつ)の処方を試み、気を静めるための鍼(はり)治療を施術した。

その結果、数日で症状の緩和が見られるようになった。これにより呂貴妃は宮廷医局への不審を解き、ふたたび治療を受けるようになったということだった。

杏花舎の作業台で、翠珠は癭病にかんする書物を紐解(ひもと)いていた。

癭病とは中高年の女性に発症しやすい病で、その主症状は多汗、易疲労、動悸、精神不安、不眠、るい痩(そう)(痩(や)せ)等々多岐にわたる。その中で一側性の手の震えは、わりと特徴的な症状だった。だというのに神経質な性格のせいにして、あまり気にしていなかったのだから医師として情けなさすぎる。

ちなみに震え以外の症状は、瘀血(おけつ)によって起こる婦人科系の症状と重なるものが多いので、実はこの二つの病の診断を誤ることは珍しくはなかった。

ただし呂貴妃の場合、瘀血の状態にはまちがいなくあり、それは桂枝茯苓丸により改善した。しかしその頃に癭病を発症し、瘀血が悪化したものと勘違いをしてしまったのだ。

だが桂枝茯苓丸を服用しても改善しない。あたり前だ。病がちがう。

その頃に再診を受けていれば、癭病は早期発見されていただろう。

しかし同じ頃に、河嬪の不幸な流産が起きた。いまは事故と結論付けられたが、当初は毒による事件性が疑われていた。

　そこから呂貴妃は、自身の症状が改善しないのは毒によるものと疑念を抱いた。それゆえ医官達を疑い、診療と投薬を拒否したのである。そして外部から薬を求めるようになった。

　しかし処方があっていないのだから、いくら服用したとて改善するはずがない。医師の立場からすれば、数日服用してもまったく変化が見られぬなら薬があわぬとして相談して欲しいのだが、不幸なことに呂貴妃はますます毒にかんする疑心暗鬼を深めていった。もっともその精神不安もいまになって考えれば、瘀血や瘻病の影響もあったのかもしれないが。

「瘻病か……」

　翠珠は本を閉じた。

　紫霞の誘導尋問のような形だったが、翠珠はついにその診断を導き出した。あれは気持ちが良かった。

「こんな経験もできるんだな」

　あれだけ不満を抱いていた内廷勤務に、ようやく光明を見出した気がした。

　間近の沙鐘に目をむけると、もうそろそろ砂が落ちきりそうである。翠珠は立ち上がり、煎じ薬を煮ている炉まで歩いていった。

　薬缶の蓋を外すと、もうもうと蒸気が立ちのぼってくる。瞬く間に額に汗がにじむ。

湿度の高いこの季節の煎じ薬作りは、なかなか辟易する作業である。しかし真夏になればもっと辛いから、この程度で不平など言っていられない。

蒸気が静まってから中を見ると、薬はよい具合に煮詰まっている。

炉の火を消したあと、熱いうちに麻布を使って漉す。そうしないと生薬に成分が再吸収されかねない。

一連の作業を終えて、ほっと一息ついたときだった。

開け放したままの扉から、女官が一人飛び込んできた。芙蓉殿の、栄嬪付きの女官だった。内廷勤務も数日すぎれば、さすがに顔は覚えている。

彼女はひどく焦った様子で、室内を見回した。

「晏中士は？」

「あ、ちょっと席を外しています。すぐに戻ってくると思いますが」

「すぐに呼んできて！」

女官は叫んだ。鬼気迫る面容に、翠珠は気圧されかける。

そう言われても、どこに行ったのか分からない。近頃はどの程度の能力なのか認識してもらえたようで、案件によっては一人で任されるようになっていた。おかげで最初の頃のように、四六時中一緒にいるということはなくなっていた。

離れるときは、基本行き先は教えてくれるのだが、そういえば今回は「ちょっと」とだけ言って出ていった。

困惑する翠珠の腕を、女官はがっと摑(つか)んで叫んだ。

「栄嬪さまが、転倒なさったのよ」

第二話　女子医官、休日を得る

「それで栄嬪も子供も無事だったのね」

　卓上に幾皿も並べた豪華な料理のむこうで、露骨につまらなそうに鈴娘は言った。悪意もここまで堂々と言われると、むしろ清々しいほどだ。

　午睡から目覚めた栄嬪が、寝椅子から立ち上がろうとした瞬間に足を滑らせたのは一昨日のことだった。

　地響きが聞こえるほどに派手な転倒だったらしいが、幸いにして母体にも胎児にも影響はなかった。ちなみにあのあと紫霞はすぐに戻ってきて、翠珠を連れて芙蓉殿に走った。

　事の顚末は瞬く間に広がり、薔薇殿を賜る順嬪はあからさまに舌を鳴らし、木蓮殿に部屋住みをしている侍妾の一人などは、ぬか喜びだったと床を蹴り飛ばしたという噂だった。

　ちなみに河嬪が流産をしたときは、ほとんどの妃嬪・侍妾がおおいに同情していたという話である。翠珠はまだ会わせてもらえていない河嬪だが、医官達の誰に訊いても、朗らかで優しい女人であったと答える。高慢で感情的、かつ底意地が悪いとの評価で一致している栄嬪とは正反対である。

（そういえば呂貴妃様も、河嬪様のところには見舞いを届けたらしいものね）

馬薬舗で鈴娘が口走っていたことを思いだした。

数日しかたっていないのに、はるか昔の出来事のように思う。あの時は内廷勤務になるなど夢にも考えてもいなかった。まして最上位の妃の殿に呼ばれて、食事をごちそうになろうとは。

半剋程前になるだろうか。杏花舎で仕事をこなしていると、呂貴妃担当の冬大士から芍薬殿への招待の旨を伝えられた。翠珠の母親程の年齢の冬大士は、呂貴妃の誤解を解いてくれたことに、これといった屈託もなく素直に感謝の意を述べた。

ちなみに紫霞からは、呂貴妃に自分のことは話さないように釘を刺されている。指導医がいることは承知しているだろうが、栄嬪の担当だと知られるとややこしくなるからというのが理由だった。

気乗りはしなかったが、招待されたとあってはしかたがない。しぶしぶ芍薬殿を訪ねると、まずは呂貴妃が居住する正房に招き入れられた。

数日振りに再会した呂貴妃の姿に、翠珠は驚かされた。

曼殊沙華の花を織りだした大袖衫をまとった姿は、以前と変わらぬ威容を備えていたが、触れると火傷をしそうなぴりぴりとした雰囲気はずいぶんと和らいでいた。

「李少士。そなたのおかげで私は快癒を得た。礼を言うぞ」

驚くほど素直に感謝の意を示されて、拍子抜けする。

そのあと診断に至った経緯を色々と訊かれたが、紫霞の名は言わずに東六殿の医官達に論議してもらったと説明をした。そののち廂房の一室に連れていかれ、鈴娘の給仕でいまに至っている。

小皿に取り分けてもらった茄子と豚肉の炒め物は、頰っぺたが落ちるほどに美味しかった。ひき肉と野菜をこねて作った餡を、小麦の薄皮で包んだ揚げ物もぱりっとしていて舌鼓を打つ。

「美味しいです」

素直に感想を告げると、鈴娘は得意げな顔をする。悪い人ではないのだが、いかんせん率直すぎる。いくら嫌いだからといって、皇帝の寵妃の不幸を願うような発言を躊躇いもなく口にすべきではない。

「遠慮しないで、もっと食べなさいよ」

「いや、もうおなかいっぱいですよ」

「じゃあ詰めさせるから、持ちかえりなさい」

「そうさせていただければ、助かります」

料理はまちがいなく絶品だが、さすがに量が多い。しかしこの季節の食べ物は日持ちしないから、杏花舎に戻ったら医官達におすそ分けをしようと思った。

鈴娘より少し地位が低そうな女官が、料理を詰めはじめる。

食事を終えて鈴娘が淹れてくれた茶をすすっていると、隣室との間仕切りを抜けて夕宵が入ってきた。つい最近まで呂貴妃から面会を拒絶されていた彼の姿を見て、翠珠は眉を開いた。

「鄭御史、呂貴妃様のご勘気が解けたのですね」

開口一番としてはいかがなものかと思う言葉に、夕宵は顔をしかめた。その彼の後ろから、もう一人別の男性が姿を見せた。

初対面のその人は、夕宵に負けず劣らずの美形だった。

歳の頃は三十を少し越したくらい。長身痩軀で、気品に満ちた端整な顔立ちの人物だった。しかも彼が身に着けた交領大袖蘇芳色の袍は、高官の官服である。

「君が李少士かい？」

穏やかな口調で問われ、かえって翠珠は緊張する。それでなくともたいていの女性の目を釘付けにするほどの美男子だ。

「あ、あの……」

「さようでございます。呂少卿」

ぎこちない態度を見兼ねたのか、代わって夕宵が返事をする。その姓に翠珠ははっとする。

「え、では呂貴妃様の？」

「甥だよ。呂高峻だ」

　翠珠は椅子から立ち上がりかけた。呂貴妃との縁故でなかったとしても、大理寺の次官だ。座ったまま挨拶をしてよい相手ではない。しかし高峻はやんわりと「そのままで」と言って、翠珠を座らせたままにした。

「このたびはたいそう世話になったようだね。叔母上の容態も安定し、私の後輩へのご勘気も解けて安心しているよ。本当にありがとう。かねてより礼を伝えたいと思っていたのだが、偶然にも居合わせていると聞いたので訪ねたんだ」

「そんな、もったいない……」

　人品のよさがにじみでた丁寧な物言いだった。貴顕とは、まさにこういう人のことをいうのだろう。

「お二人とも、どうぞおかけください」

　鈴娘は、彼等に椅子をすすめた。見ると彼女も頬を赤くしている。若い夕宵には強気でも、年回りが近い高峻にはしおらしい。

　夕宵と高峻は、翠珠の向かいに並んで席を取った。鈴娘が手際よく茶を淹れ、二人に差しだした。翠珠が飲んでいるものと同じ、色の薄い白茶である。茶葉を微発酵させたもので、熱を取る作用があるのでこの季節にはふさわしい。

　夕宵は一口含んだあと、高峻に話しかけた。

「呂少卿にご一緒していただくと、内廷への入場が簡便で助かります」

「私とて融通が利くのは、芍薬殿だけだ」

「まったく捜査を外廷に任せるのなら、もう少し手続きを簡単にしてもらいたいものです。かつては外廷の者はほとんど出入りできなかったというから、そのときに比べたらだいぶんましなんでしょうけど」

「安南(あんなん)の獄(ごく)以降か。確かに二十年も経つと考えれば、もう少し合理的に動いて欲しい部分はあるな」

しきりにぼやく夕宵に、高峻は苦笑交じりに同意をした。気の置けない関係。仲の良い兄弟のようなやり取りだった。温厚な兄と、ちょっと気の強い弟といったところか。

「安南の獄って、皇后様が亡くなられたという？」

翠珠の問いに、高峻は少し驚いた顔をした。

「君ぐらいの若者でも知っているのか？」

「詳しくは存じませんが、内廷での太監の影響力を失墜させた事件だとうかがっております」

まだ生まれていなかった翠珠はもちろん、せいぜい三、四歳だった夕宵も記憶はないだろう。

安南の獄とは、今上の皇后を自死にと追いやった事件である。

今上が即位してまもない頃、第一皇子の母・賢妃の食事への毒物混入が発覚した。

当時皇帝は、まだ皇后を立てていなかったが、候補は二人いた。一人は第一皇子の母・賢妃。もう一人は皇帝の寵愛を独占していた淑妃である。ちなみにこの頃の呂貴妃は入宮したばかりで子もおらず、まだ若い嬪に過ぎなかった。

当時、後宮で起きた事件の捜査権は、太監で構成される内廷警吏局にあった。捜査の結果は、淑妃を追い落とすための賢妃の自作自演というものだった。これを賢妃は否定し、抗議のための自死を選んだ。

しかしその後、事件は御史台の再捜査により意外な結末を迎える。淑妃をはじめとした他二妃が、捜査権を持つ太監を操って賢妃の冤罪をでっちあげていたのである。

皇帝は激怒し、三妃を廃した上で全員に死を賜った。冤罪の主導をした警吏局長の太監は凌遅刑に処せられ、共犯の太監達にも酷刑が科せられた。いっぽうで賢妃は皇后に追贈され、遺児である第一皇子は立太子された。いまの皇太子がそれである。

後宮の人員を半分に減らしたとまで言われるこの大事件以降、太監による内廷警吏局は御史台の管轄下に置かれるようになり、扱う事件は窃盗や喧嘩等の軽犯罪のみとなった。事実上の解体で、重大事件が起きたときは外廷から御史台が介入するようになっていたのだ。

「叔母上は、安南の獄を目の当たりにしておられる。ゆえに毒物にかんしてはどうしても神経質になってしまわれる。そのご気性ゆえに、ご自身も周りも病に気づかなかったのだろう」

そこで高峻はいったん言葉を切り、空になった茶杯をゆらりと揺らした。鈴娘が新しい茶を注いだ。高峻は優雅な所作で茶杯を傾け、そのまま上目遣いに鈴娘を見た。すると鈴娘はなにかを察したように、料理を詰めさせた女官とともに部屋を出ていった。

事の次第がつかめぬ翠珠に、夕宵が急に表情を硬くして尋ねた。

「栄嬪の転倒に、事件性はないか？」

思いもよらぬ問いに翠珠はげんなりする。物騒な話はこれで終わったと思っていたのに、ここにきて振り出しに戻るのか。

「晏中士は、特に不審は抱いていないようでした」

「晏中士？」

「李少士の指導官です。西六殿で栄嬪の担当をしているそうです」

訝し気にその名をつぶやいた高峻に、夕宵が補足する。

転倒の報せを受けた直後は、まず母体と胎児の安全確認を優先するから、その誘因や原因までは詳しく調べなかった。そのときの状況を聞いたのは、少し落ちついてからだった。

「寝起きに眩暈がして、そのさいに足を滑らせたとご本人は仰せでした」

「栄嬪の眩暈は、転倒を起こすほどにひどいものなのか？」

そう問われると、単純に肯定はし難い。

日常生活に支障が出るほどのひどい眩暈を抱える者は、一定数存在する。彼等はちょっと動いただけでぐるぐると視界が回り、さらに重症化すると寝ていても眩暈が治まらないのだという。

客観的に見て、栄嬪の症状はそこまでひどくない。立ち上がった際にくらっとするぐらいで、立ち眩みと言ったほうが適切なほどだ。厳しい言い方をすれば、本人が注意をしていれば転倒につながるほどのものではなかった。

「そこまでのものでは、ないと思います」

夕宵の表情がさらに硬くなった。病が原因でないのなら、それこそ事件の可能性が高くなる。

「ですが妊娠中の女性は、常に転倒の危険を伴っております。気水が滞りやすく、子に滋養が取られるぶん血も不足しがちです。ゆえに眩暈や立ち眩みを起こしやすい。加えて腹部が出てきますと、どうして足元が見えにくくなります」

翠珠の説明を聞く夕宵の表情が、心持ち柔らかくなっていた。事件ではなく事故の可能性が高いと知って安堵するのは、御史台の官吏でも同じらしい。

どうやら納得したようだ。となれば、今度はこちらが尋ねる側である。

「なにか不審なことでも起きたのですか?」

翠珠の問いに、夕宵は不意をつかれた顔をする。

「いや、それは……」

「一方的に訊くだけなんて、ずるいですよ」

翠珠の反撃に夕宵は気まずげな顔をする。しかし翠珠が折れずにいると、観念したように口を開いた。

「実は今回の転倒に人為的なものがないか調べるよう、呂貴妃から指示があった」

「呂貴妃様が？」

「本日参ったのはそのためだ」

意外だった。関係を考えれば、栄嬪の災難に小躍りをしてもおかしくないのに。

翠珠の内心を悟ったのか、横で高峻が苦笑する。

「皇后不在の後宮において、最上位の妃である叔母上には風紀を取り締まる義務があるんだよ」

責任感が強いと言えばそうだが、河嬪の流産も含めてたがいに相手を疑っていることを考えると、おためごかしのようで気持ちが萎える。

夕宵はぬるくなった茶をがぶりと飲み干した。

「毒など使わなくても、人を転倒させることは簡単だ。単純に足をひっかければいいし、床に油をまいてもいい。そこまで露骨なことはしなくても、元々妃嬪が履く絹靴は滑りやすい。床を丁寧に磨き上げるだけでも転倒の誘因にはなるだろう」

「床を磨き上げたことが原因なら、それは事件ではなく過失ではありませんか」

だとしても結果として栄嬪が転倒したのだから、掃除を担当した者は処分を免れないだろうが。

「それも含めて捜査をする。過失と故意では対応がまったく違ってくる。しかし妊婦の転倒が医学的に起こりやすい事であれば、それも前提に捜査をすべきだと考えている」

そこで夕宵はいったん言葉を切り、高峻にむかって言った。

「いまから栄嬪のところに行って参ります」

「私も参ります」

腰を浮かしかけた夕宵に、翠珠は彼よりも早く立ち上がった。夕宵は中腰のまま怪訝(けげん)な面持ちで翠珠を見上げた。

「夕宵、そうしてもらったほうがいい」

高峻が言った。役職ではなく実の名で呼ぶあたり、思った以上に親しい関係のようだ。

「栄嬪の転倒の原因が妊婦故の特性であれば、それを判断するには御史台官より医師のほうが適任だ」

翠珠が考えていたことを、高峻は端的に言葉にしてくれた。しかし夕宵は釈然としていない。

「……君は、そうとう変わっているな」

「はい？」

「御史台の仕事になど、普通の者はかかわりたがらないぞ」

「かかわりたくはないです」

正直に告げると、夕宵は表情をひきつらせた。高峻は茶杯を持ったままなんとも微妙な面持ちを浮かべている。

御史台は社会にとって必要な組織で、そこで働く人達には敬意を抱いている。しかし人を捕縛し、その罪をあきらかにする仕事に普通の人間がかかわりたいと思うはずがない。

「ですが医者として、病がかかわることを放ってはおけません」

きっぱりとした口調に、夕宵は少し身じろぐ。

偉そうなことを言ったが、少し前の翠珠であればおそらく名乗りでなかった。未熟な研修医の自分に、さしたることができるとは思わなかったからだ。

けれど呂貴妃の異変を見つけたことが、無意識の大きな自信となっていた。その自信が翠珠に、多少煙たがられようと患者の苦痛が減るのなら、勇気を持って進言すべきだという考えを与えていたのだ。

いっぽう夕宵は、どうだろうというように高峻を見る。高峻は茶杯を戻し、じっと翠珠を見上げる。その眼差し(まなざ)がなにかを懐かしむように和らぐ。

「君は、よき杏林(きょうりん)になりそうだ」

翠珠は頬を赤くした。杏林とは医師への美称である。

高峻が夕宵のほうを見て、促すように首を揺らした。夕宵はその表情に困惑を残したまま、しぶしぶ立ち上がった。

「分かった。では李医官に同行をお願いする」

東西六殿をつなぐ屋根付き廊は、皇后宮である牡丹宮の北側にある。

皇后が在位しているときは、ここに妃嬪達を集めて定期的に風紀の取り締まりや伝達が行われる。この集まりを『百花（ひゃっか）の円居（まどい）』と呼ぶ。

現在は皇后不在なので、最上位の妃である呂貴妃が、自身の芍薬殿でその役目を担っているとのことだ。初対面のときに栄嬪が「最上位だからって偉そうに人に指図をして」と言っていたのは、このあたりの習慣が影響していた。

案内役の太監の後について、翠珠と夕宵は横並びに宮道を進んでいた。臙脂色（えんじいろ）の官服を着たこの太監は、内廷警吏である。芍薬殿では身内の高峻がいたから夕宵も自由に動けたが、他の殿舎では彼等（かれら）か、女官の付き添いが必要なのだという。

女官でも良いのなら翠珠がいれば良いのではと思うのだが、そういうものではないらしい。もっとも翠珠も夕宵も後宮の構造を熟知していなかったので、道案内役として太監の存在は助かったのだが。

遠目に正門が見えてきた頃、なにかを叩（たた）くような物音が聞こえてきた。普請でもしているのかと思ったが、近づくにつれて泣き声とも悲鳴ともつかぬ女性の声であることが分かった。

隣を歩いていた夕宵も気づいたのだろう。彼は眉をひそめ、悲鳴が聞こえる土塀の先に目をむける。

芙蓉殿の門をくぐると、あんのじょうだった。

色鮮やかな夏の花々が咲き競う院子では、うつ伏せにされた若い下婢が芙蓉殿の太監に尻を打たれていた。泣き声と悲鳴は、杖刑を科された彼女があげていたものだった。

痛ましさから目を伏せる翠珠の横で、さすがに夕宵は慣れているのか動揺した様子は見せない。しかし愉快に思えるはずもなく、苦虫を嚙みつぶしたような顔はしている。

「鄭御史、李少士」

夕宵と翠珠の姿を目にとめた別の太監が、なにごともないかのような顔で近づいてきた。

「連絡はいただいております。栄嬪様がお待ちですので、中にどうぞ」

耳を塞ぎたくなるような悲鳴を聞きながら、なぜそんなに平然とふるまえるものなのかと疑問に思う。あるいは彼等にとっては日常茶飯事で、とうに慣れているのだろうか。

重苦しい気持ちを抱えたまま、正房の扉をくぐる。

前庁を抜けて奥の部屋に入ると、勿忘草色の大袖衫に身を包んだ栄嬪が寝椅子に身を投げ出していた。膝下からは色鮮やかな青みがかった紅色の裙が広がっている。

「栄嬪様にご挨拶いたします」

翠珠と夕宵はそれぞれに跪いた。栄嬪の「楽に」の言葉で立ち上がる。院子からの悲鳴は変わらず聞こえつづけている。紫陽花の花を縫いとった絹団扇を揺らし、栄嬪は大袈裟なため息をつく。

「まったく、やかましいわね。鶏の首を絞めたみたい」

もとから良くなかった栄嬪への印象が、一気に悪くなったのは言うまでもない。

腹の底でぶすぶすと焦げる感情の対処に苦慮する翠珠の横で、夕宵は抑揚のない口調で尋ねた。

「罰を受けている下婢は、床磨きを担当していた者ですか？」

栄嬪は首肯した。

「今回は大事がなかったから杖刑ですませてあげたけど、また同じことがあったら叩き殺してやるわ」

「あの者が、他所とつながっていたという可能性はありませんか？」

夕宵の問いは、栄嬪に危害を加えようと企む者が、下婢を使って故意に床を滑るように仕向けた可能性を示唆している。

栄嬪は声をあげて笑った。

「それはないわ。真面目に働くのだけが取り柄の田舎者よ。そんな大胆な真似はできやしない」

だったらあんなひどい罰を加えなくてもと、内心で翠珠は憤った。

ぶすぶすと焦げていた感情が、小さな焔をたてはじめる。

「抑えろ」

夕宵のささやきに、翠珠ははっとして彼を見上げる。

「なんのために、ついてきたんだ」

小声での指摘に反論できなかった。なにしろ翠珠は自ら望んで、栄嬪の状態を確認するためについてきたのだ。他人の悪意ある操作がなくとも、転倒の危険がある身体状況か否かを調べる為に。

気持ちを落ちつけようと、翠珠は細く息を吐いた。

そうやってなんとか冷静さを取り戻した目で、あらためて栄嬪を診る。

月が満ちるにつれて腹が出てきたので、腰痛が強くなってきたと言っていた。そのため、近頃では寝椅子に横たわっていることが多くなった。腰痛も眩暈も妊婦として特筆すべき症状ではないが、床や靴等の二次的要素が加われば、転倒の誘因になることは間違いない。

結果的に翠珠の判断は、これまでと変わらなかった。医師の目から見て、この件に事件性はなさそうだ。

いっぽう夕宵は、御史台官としての観点からの問いをする。

「転倒なされたとき、間近には誰がいましたか？」

「ちょっと、どういう意味ですか！」

傍に控えていた女官が、抗議の声をあげた。

しかし夕宵はひるまなかった。

「捜査の為です。今回の転倒に不審な点はなかったか調べるよう、呂貴妃様から命ぜられております」

呂貴妃の名を耳にしたとたん、栄嬪はたちどころに不機嫌顔となり「白々しい」と吐き捨てた。かまわず夕宵は説明をつづける。

「最上位のお妃ですので、後宮の風紀を取り締まる義務がおありです」

「ならば自分こそ、さっさと河嬪の件で自首をすればよいのよ」

「河嬪様のところで見つかった牡丹皮の出処はまだ分かっておりませぬが、呂貴妃様が市井で同じ薬を求めていたことは偶然の一致で、事件性はありません」

御史台がこの結論を出したのは、馬薬舗での騒動からすぐのことだった。その段階ではまだ疑う者もいたようだが、呂貴妃の瘿病があきらかになってからは誰も言わなくなった。だというのに、まだこんなことを言いつづけているのかと翠珠は呆れた。

夕宵の反論に、栄嬪は臍を曲げてぷいっとそっぽをむいた。偶発的に訪れた沈黙の中、下婢の悲鳴が聞こえなくなったことに気がついた。

「なによ、もう終わったの」

「そのようですね」

御側付きの女官がぎこちなく答える。彼女からすれば、明日は我が身である。

「二十回だなんて、緩すぎたわね」

吐き捨てるように栄嬪は言った。

翠珠は心底辟易した。いったい皇帝は、どうしてこんな性格の悪い女性を寵愛しているのだろう？　顔を拝したこともない相手の趣味を本気で疑った。

「あのとき栄嬪様は、お一人でお休みでした」

女官の証言によれば、栄嬪が転倒したとき彼女達は全員が隣室で控えていたということだった。主の午睡の邪魔をしないように気を配ったのである。

栄嬪もそれは認めた。

午睡から覚めて、寝椅子から起き上がった。人を呼ぼうとした直後、足を滑らせて床に転げ落ちたのだという。

夕宵は怪訝な顔をした。

「ということは、立ち上がったはずみで転倒したわけではないのですか？」

「倒れた前後のことは、はっきりと覚えていないわ」

「覚えていないとは？」

「頭を打ったさいに、一瞬意識を失ったのではと医者は言っていたわ」

栄嬪が言うこの医者とは、もちろん紫霞のことである。

「それは、起こりえます」

翠珠は言った。

「転倒や転落のように強い衝撃を受けた方は、直前直後の記憶が飛ぶことがままあるのです。土木工事などの大きな事故では、そのような患者は珍しくありません」

直後ならともかく直前は覚えていてもよさそうなものだが、彼らに言わせるとその前後で記憶がぼんやりしているのだという。事故の程度や衝撃が大きければ、なおさらその時間が長い印象がある。栄嬪は地響きのような音をたてて倒れたというから、そうなったとしても納得できる。

「そのときの寝椅子は、いまお使いになられているものですか？」

「そうよ。見てみる？」

珍しく相手を気遣うようなことを言うと、栄嬪は背もたれを手で押して起き上がる素振りを見せた。だがそのまま動きを止め、ふたたびもたれかかってしまう。

「栄嬪様!?」

声をあげた翠珠より先に、女官が周りを囲む。

「急に起き上がってはなりませんと、晏中士も言っていたではありませんか」

「お起きになるときは私どもがお手伝いいたしますので、それまでお待ちください」

あれこれと女官達が言うが、まだ眩暈が残っているとみえて、栄嬪は突っ伏したままだ。あるいはふたたび眩暈が生じることを恐れて、用心深くなっているのかもしれない。

女官達の手を借りて栄嬪がゆっくりと身を起こすまで、しばし時間を要した。

夕宵が寝椅子を調べている間、翠珠は窓際の丸椅子に腰を下ろす栄嬪の様子を盗み見ていた。

やはり、転倒するほど眩暈がひどいようには見えなかった。少なくとも寝椅子に横たわっていたときは、罰を科せられた下婢に悪態をつくほどに元気だった。いまこうして背もたれのない椅子に座っている姿も、これといった不調はうかがえない。

「特に異常はないようです」

一通り調べ終えた夕宵が、椅子から身を離した。

栄嬪はふんっと鼻を鳴らし、小馬鹿にしたような眼差しをくれる。

「私の椅子を調べる暇があるのなら、呂貴妃の牡丹皮のほうを調べなさいな」

「河嬪様の牡丹皮であれば、調べております」

夕宵は挑発には乗らずに静かに言い返したが、口ぶりは心持ち不快そうだった。

栄嬪のもとを辞して外に出ると、夕宵ははっきりと舌を鳴らした。翠珠も同じ気持ちだったが、さすがにとやかく言うのは芙蓉殿を出てからでないとまずい。

院子を横切ろうとした矢先、西日がかかる金糸桃の花壇の陰から低いうめき声が聞こえてきた。回り込んでみると、杖刑を科されたあの下婢が、芋虫のように這い蹲っていた。刑が終わっても痛みで動けないのだろう。

翠珠は走り寄った。

「部屋に戻るのでしょう。手伝うわ」

下婢は翠珠の顔をみて、弱々しくうなずく。誰か一人くらい付き添ってやればよいのにと単純に思う。それも込みの罰であるのならとやかく言えぬし、もしかしたら自分が手伝うことにも問題があるのかもしれない。

しかしさすがにこの状況を放ってはおけない。翠珠は彼女の腕を取って、自分の肩にかけようとした。

「私に背負わせろ」

気が付くと、いつのまにかしゃがみこんだ夕宵が背をむけていた。

手助けをすることに法的な問題はないのかという、僅かにあった懸念が消えた。刑法を掌る御史台官が言うのだから、大丈夫だろう。考えてみれば栄嬪が下した罰は私刑であって、律に沿ったものではない。

身体を起こしてやるさい、下婢は痛みに悲鳴をあげた。

「がまんして。すぐにすむから」

そう言うと、下婢は涙目で歯を食いしばった。

翠珠がようようとして背に乗せたあと、夕宵が下婢を運びはじめる。彼女は鼻をすりながら「私のせいじゃないのに…」とぐずりつづけている。

そうだろう。油をまいて磨いたというのならともかく、普通に磨いただけだ。人より転倒しやすい状態にある栄嬪だから、その程度のことで足を滑らせたのだ。妊娠による体調不良は栄嬪のせいではないが、さりとてこの下婢に杖刑を受けるほどの過失があったとも思えない。

痛みと怒りで混乱しているのか、夕宵の背で下婢はしきりに栄嬪に対する恨み言を繰り返していた。半ば呪いにも近いような文句もあったが、翠珠も夕宵も聞かないふりをしていた。栄嬪の非道ぶりを考えれば、呪われたとて文句も言えまい。

下婢を部屋に送り届けたあと、翠珠は無言だった。口を開けば栄嬪に対する非難が出てしまいそうだったからだ。腹の中でどう思っていようと、それを芙蓉殿内で言うほど愚かではない。

なんとも憂鬱(ゆううつ)な気持ちでいると、門のところで夕宵が言った。

「こんなことでいちいち心を痛めていたら、内廷勤務などできないぞ」

「……なぜ、私の気持ちが分かったのですか？」

「その顔を見れば、誰だって分かる」

素っ気なく言った夕宵の顔を、翠珠は見上げた。

彼は御史台の官吏である。職業上、罪人に酷刑を科すことはもちろん、どうかしたら拷問の場に立ちあうこともあるのだろう。

なるほど、夕宵は慣れているのかもしれない。

けれどそれらの行為は律に沿って執行されるから、正義がある。あんな弱い者いじめの私刑とはちがう。

「分かっています」

不貞腐れ気味な返答になったが、夕宵は特に不快な様子を見せなかった。

「それで、栄嬪の状態はどうだった？」

その問いに翠珠ははっとする。そうだった。あやうく目的を忘れるところだった。まったく自分から同行を申し出たくせに。

「芍薬殿でお話しした見解と、変わりはありません」

「部屋を見たかぎり特に不審な点もなかった。ならば事故と判断して、問題なさそうだな」

「そもそも栄嬪様が、事故と考えておられますからね」

だからこそあの哀れな下婢は、責任を負わされて杖刑を受けたのだ。

露骨に批判めいた翠珠の口調に、夕宵は苦笑した。

「では、呂貴妃にはそのように報告しよう」

しかしあれだけ毛嫌いをしている栄嬪の為に捜査を命じるのだから、呂貴妃もよくよく真面目な人なのだろう。自分にも他人にも厳しい気質は、初対面のときにも伝わっていたが。

栄嬪のあの性格では、老若男女身分を問わず誰から恨みを買っていても不思議ではないから、誰かしらの工作を懸念した呂貴妃の気持ちは分からぬでもない。当の栄嬪が端から事故だと思い込んでいるのが逆に笑える。

横暴な人間とは、おおむねそういうものなのだろう。人から恨まれていることに自覚がないから、あれだけ傍若無人にふるまえるに違いないと翠珠は思った。

夕宵と別れて杏花舎に戻ったあと、憂鬱な気持ちのまま製薬室に入った。ここは生薬の加工を行う作業所だった。昼下がりの中途半端な時間帯の為か人はおらず、翠珠は笊に盛った接骨木を作業台に移した。

接骨木は、主に筋骨の挫傷に使用する薬草だ。よりによってこの間で、この作業を請け負うことになるとは皮肉過ぎる。先程の下婢のためなら気合いも入るが、そうではなく在庫補充のためである。あの身分の者に勝手に宮廷医局の薬を使用しては叱責されてしまう。接骨木など少し田舎に行けば普通に自生している、さして貴重な植物でもないというのに。

とにかく患部を冷やすようには教えたが、身動きも取りがたいあの状態では、どの程度それができるものか不明である。雑居部屋には他の下婢も数名いたが、火の粉をかぶらないよう用心していたのか遠巻きだった。

今宵の痛みと、明日明後日にもつづくであろう下婢の苦痛を想像して胸が痛む。

医者としてなにもできない心苦しさ以上に、はじめて目の当たりにした人の悪逆に気持ちが沈みつづけている。

頭をひとつ振って、翠珠は作業をはじめた。

ざくざくと葉を刻む音と、刃物を打ち付ける音が部屋に荒い拍子を響かせる。そうやってやりきれない思いを一心不乱に作業にぶつけていたが、しまいには疲れてしまって手を止める。

「なんで、あんなことをするのかな？」

単純な非難が口をつく。人道的な面を無視しても、自分の使用人にひどい体罰を加える意味が分からない。後遺症が残るような怪我をさせれば、仕事の効率はとうぜん下がるから、結果的にそれは主人の損失となる。禄を減じたほうがよほど理にかなっている。それとも栄嬪にとって下婢など、いくらでも替えのきくコマに過ぎないのか。だとしたら、とうてい理解しがたい思考だ。

ふと、医療院での拓中士とのやりとりを思いだした。

女医を軽蔑する患者に対し、かかわらなければそれで済むと翠珠は答えた。

今回の芙蓉殿での出来事とは、まったく異なる。にもかかわらず、そのことが思いだされてしかたがない。

まあまあの幸運に加え、意識してかかわることを避けてきたから、ここまで世の中の理不尽や残酷さを目の当たりにせずにこられた。そういうことがあると知識としては持っていたが、それは対岸の火事に過ぎなかった。

しかしいま翠珠は、その岸に船をつけてしまっているのだ。

――こんなことでいちいち心を痛めていたら、内廷勤務などできないぞ。

夕宵の言葉が、重くのしかかる。

呂貴妃の病を導き出したことで、少し光明が見えていた内廷勤務がまた憂鬱になってきた。

勢いのまま大量に刻んでしまった接骨木を見下ろして、翠珠は舌を鳴らした。

保存の問題もあるのに、こんなに作ってどうするつもりだ。打たれた下婢の顔が思い浮かび、いっそう気持ちが沈んだ。

内廷勤務となって二回目の休日。

翠珠は、ようやく拓中士がいる医療院に行くことができた。早くに挨拶に行きたかったのだが、最初の休みは新しい環境に伴う雑用をこなのすに手間取って訪ねることができなかった。

内城にある官舎から、市井にある医療院にむかうには大通りを南下する。

雨は数日降っていなかったが、雲が厚く垂れこめた空はどんよりしている。空気も湿気を帯びているので、梅雨はまだ明けていないのだろう。

どうにも長梅雨となりそうな気配である。しかし身に着けている藍色の襖と水色の裙はともに木綿地なので、風通しがよくてこんな日和でも心地よい。

医療院への到着は、閉院の四半刻前辺りを目処にしている。その頃なら患者もだいぶはけているから、診療の邪魔にならないと考えたのだ。

閉庁時間前でも大通りの人混みは変わらずで、さすがに官服の者は少ないが、様々な装いを凝らした老若男女が行きかっている。彼らを器用に避け、時には横暴な怒声をあげながら馬車が抜けてゆく。

人馬が同じ道だから、どうしたってごった返す。酒家からたちこめる美味(おい)しそうな匂いも、ときには人いきれや馬糞(まぐそ)の悪臭にかき消されてしまって興醒(きょうざ)めだ。

医療院の裏口に通じる小路に入ったところで、緑色の比甲を着けた拓中士がこちらに歩いてきていることに気がついた。

「先生」

翠珠は声をあげ、彼のそばに走り寄った。

拓中士は驚きながらも「おお、どうした」と気さくに返す。

「ご挨拶にうかがうところでした。今日は早退なさるのですか？」

閉院までまだ少しある。早退していたのだから、なにか用事があるのだろうか。そうなると挨拶に来たことは迷惑かもしれない。

「往診だ」

「え？」

翠珠は目を瞬(しばた)かせる。医療院の医官は、基本として往診をしない。そもそも自宅に医者を呼べるような富裕層は、公共の医療院になど頼らずともお抱えの医師を持っている。

「昔からの知り合いで、まあ見舞いを兼ねてというやつかな。だからただ働きだ」

「でしたら問題はないですね」

医官は民間の医師とちがって診療代は取れない。朝廷から禄を貰い、その命を受けて診察診療を行う官吏だからだ。ゆえに個人で報酬を受け取ることは規律違反となるし、どうかしたら賄賂だと疑われかねない。

立ち話は時間の無駄だし、待つ相手がいるのだからということで、拓中士の訪問先まで歩きながら話すことにした。行き先は内城方面だというから、翠珠が帰る方向と同じである。

往診に至った経緯を、拓中士はざっと話しはじめた。

その知り合いにはかかりつけ医がいるのだが、少し前に親族を亡くして喪に服しているのだという。新しい医者を探すのは手間と不安があり、加えてかかりつけ医が戻ったときには、言い方は悪いが用済みとなることを考えると心苦しく、旧知の拓中士に相談があったということだった。なるほど、それで見舞い兼というやつなのか。

「それでお前のほうはどうだ、内廷は慣れたか？」

「私には合いません」

きっぱりと断言した翠珠の脳裡には、栄嬪の高慢な顔と泣きじゃくる下婢の顔がありありと浮かんでいた。

拓中士は声をあげて笑った。

「そう腐るな。それに指導医は晏中士という話じゃないか。あれが担当なら、きっと鍛えられるぞ」

「鍛えていただくのはありがたいのですが、あれだけ美人だと女でも緊張します。先生は彼女の指導医だったのでしょう？　よくあんな美人を平常心で指導できましたね」

「美人なんて三日で飽きる。それにいくら美人でも、あんな好事家にそんな感情を抱くわけがなかろう」

茶化すように拓中士は言った。紫霞を『好事家』と称したのには、実にうまいことを言うと感心した。医術に対する熱意が高じすぎて、やや変人の域に達しかけている紫霞を表すには適語かもしれない。

「それで症例のほうはどうだ。なにか面白い経験はあったか」

などと訊かれたので、名はあげずに呂貴妃の話をすると、拓中士は興味深げに耳を傾けた。

「忙しい医療院では、なかなかそういうふうに一人の患者を診ることが難しい。内廷勤務はお前にとってよい経験になるやもしれんぞ」

「信じられない理不尽があるし、性悪な人もいますよ」

「それも経験だろ。それに性悪な奴は医療院にも大勢来るぞ。ただ、いざとなったらこっちも強気に出られるのは内廷とはちがうか」

詳しくは話さずとも、拓中士は翠珠が後宮でどういう経験をしたのか察しているようだった。いかに医療院勤務とはいえ、拓中士も医官という官吏であるかぎり宮仕えの理不尽とまったく無関係ではいられまい。

「それにな」

拓中士は話をつづけた。

「そうはいっても宮廷医局と太医学校の医術は、この国の最先端だ。確かに余計な煩わしさはあるが、その場を経験しておくことは医師として損にはならんぞ」

拓中士の言っていることが正しいとは分かっている。分かっていても、残虐な理不尽には心が削られる。

「ともかく医術は日進月歩だ。温疫論（伝染病が、瘴気という原因が体内に入りこむことによって引き起こされるという捉え方。すべての熱病を同一にとらえた古来の傷寒論の不足を補う）はいまでは常識となったし、痘苗（この場合は天然痘の予防接種）の成功率も確実に上がっている。もはや五行や陰陽だけでは病が説明できない時代がきている」

切々と拓中士は語った。全て納得できた。特に最後の一言は、若輩の翠珠でさえ感じていたことだった。授業で腑分けを行ったとき、これらの臓器は五臓六腑の中ではどのように説明するべきなのかと疑問を抱いた。ゆえにそのあとは図書室に籠り、しばらく解剖図を眺めていた覚えがある。

もちろんこれまでの医術を否定するわけではない。従来の医術によって何千、何万という患者が治癒してきた。呂貴妃もその一人だ。

「温故知新」

思い浮かんだ言葉をぽつりとつぶやくと、拓中士は目を細めた。

近況を話しながら大通りを北上し、幾つめかの辻で右折する。拓中士はここまでで良いと言ったが、翠珠が最後まで見送ると主張したのだ。

瓦屋根の付いた土塀に沿って歩いていると、立派な門が見えてくる。その前に人影があった。数歩進んでそれが誰であるか認識したのと、むこうが翠珠に気づいたのはほぼ同時だった。

「鄭御史」

「李少士」

門前に立ち、いままさに中に入ろうとしていたのは夕宵だった。彼もいつもの官服ではなく、膝丈の上衣と脚衣に分かれた胡風の平服だった。

「「なぜ、ここに?」」

二人同時に同じことを尋ねる。互いに答えを遠慮しあって短い沈黙が流れる。微妙な気まずさののち、先に夕宵が答えた。

「ここは御史大夫のお宅だ。見舞いにうかがった」

「え?」

「君が来たということは、大夫の診察か?」

大夫とは御史台の長官のことだ。ちなみに次官は中丞という。

「いえ、診察は私ではなく——」

「診察ではないぞ。私達も見舞いに来ただけだ」

のそっと後ろから顔を出すようにして、拓中士は言った。ついでに翠珠はこつんと頭を叩かれた。そうだった。医療院の医官は、個人的な診察はできないというのが表向きだった。たいして痛くもない頭をさすりながら、翠珠は自戒した。


御史大夫・沈氏の邸は、二つの正房が前後に連結した変形の四合院だった。

前方の正房に設えた客間には精緻な透かし彫りを施した長椅子があり、そこに沈大夫と拓中士が横並びに座った。彼等にむきあうようにして、左右のはすむかいに翠珠と夕宵がそれぞれに一人掛けの椅子をもらって腰を下ろす。

なぜ翠珠が同席しているのかというと、そろそろ日も暮れはじめる頃に、若い娘が一人で帰るのは物騒だと夕宵が言ったからだ。

翠珠も拓中士も知らなかったのだが、つい先日も不逞の輩が、若い娘をかどわかそうとした事件が起きたばかりなのだという。夕宵も内城の官舎住まいなので、待っていてくれれば送っていくと言ってくれた。拓中士もそうしたほうが良いと言ったので、そうすることにしたのだ。

拓中士は沈大夫の診察を行い、これといった異変がないことを確認した。診療代が発生しない、あくまでも見舞いという立て前だ。官吏の監察を掌る御史台官だから、そのあたりはたがいに慎重に振舞っている。

二人は二十年来の知己であるという。拓中士が太医学校を卒業して数年間、外廷勤務をしていた頃に医師と患者として知り合ったのだそうだ。ちなみにそのときの診察の理由は腰痛ということだった。

「そういえばお前は宮廷医官だから、大夫の診察ができるんだよな」

拓中士が、翠珠にむかって言った。

宮廷医局の医官は、妃嬪や女官達も含めた官吏の診察を請け負う。よって翠珠が沈大夫の診察を行うことは違反ではない。診察代はもちろんもらえないが。

「ちょうどいい。なにか面倒なことになったら、お前の指示のもとで私が手伝ったと言っておこう」

「誰が信じるんですか、そんな与太話」

呆れつつ反論した翠珠に、横で聞いていた夕宵と沈大夫が声をあげて笑った。

沈大夫は六十を少し越えたくらいの、かなり痩せた男性だった。体格に加えて穏やかな表情もあり、御史大夫というより書家のような風貌である。

なんでも数か月前に中風（脳卒中）の発作を起こし、それから休職しているということだった。一時的に左半身に残った麻痺はほぼ改善し、いよいよ復職をという矢先に熱病を発してしまった。それは数日で良くなったのだが、どういうわけか繰り返し起きていたため復職がひと月近く延びてしまったのだという。

「熱を繰り返す？」

不審げに問う拓中士に、沈大夫はうなずいた。

「そうだ。数日養生するとすぐに下がったのだが、動きはじめるとまた再発した」

「いま診たところでは、熱病の原因となるような所見は特にありませんでした。大夫のことですから、一日も早く職場に戻らねばと焦って、まだ良くならないうちに動かれたのではありませぬか？」

「失敬な。養生はきちんとしておるぞ。熱があるときは安静にし、薬はきちんと飲んでいる。食事も熱が下がるまでは粥にしていた」

沈大夫は反論した。語っている内容はしっかりしていたが、その滑舌はあまりよろしくなかった。最初は中風の後遺症かと思ったが、口許を見ると歯が何本か欠けていた。

沈大夫の主張がまことならば、熱病のときの過ごし方としては正しい。実際それで回復したというから適していたのだろう。

しかし再燃を繰り返していたのなら、拓中士が言うように実は治りきっていなかったか、あるいはまた別の熱病を患っていたかのどちらかではあるまいか。もっとも後者は現実的ではなさそうだ。家族とともに邸で過ごしていて、一人だけ繰り返し邪にやられるということもあるまい。

となると沈大夫は否定をするが、おそらく前者だろう。治りきらぬうちに無理をして再燃させたというのが一番考えうる。幸いいまは回復しているから、再発をせぬよう様子見しかあるまい。

「なにか不審なものを口にした覚えはありませんか？」

物騒なことを訊いたのは夕宵だった。

またこの問いかと、翠珠はうんざりする。御史台官の業やもしれぬが、病人に対してもう少し訊きようがあるのではないか。

「小姐。そう険しい顔をしないでやってくれ」

思いがけない沈大夫の言葉に、翠珠は「え？」と小さく声をあげる。この場で小姐という呼びかけに該当するのは自分しかいない。険しい顔をしていた自覚がなかったので、なおさら焦る。

「なんであれひとまず疑ってかかるのは、御史台官であればとうぜんのこと。なぜなら我々の仕事は、真実を明らかにすることなのだから」

沈大夫は語った。

「他所の者からすれば煙たく感じるだろうし、場合によっては無情と捉えられるやもしれぬ。確かに真相を明らかにすることは、正しくはあっても優しくはないことが時としてある」

夕宵をはじめ、御史台の者をそのように思ったことはなかった。けれど翠珠が無意識のうちに険しい顔をしていたのなら、彼等がそう受け止めてもしかたがない。

沈大夫はさらにつづける。

「我々が調べたその真実に、裁きを下すのは大理寺の仕事だ。地方の裁判官でも同じだが、彼等は『情・法・理』の裁判の三原則に沿って裁きを下す。ゆえに優しさはそこで考慮される。われわれは彼等が正しい裁きを下すために、いかに煙たがられようと真実を明らかにせねばならないのだ」

この場合の情とは人情のことで、優しさと称してよいのだろう。このように裁きには主観が入るため、裁判官には深い知識と高潔な人柄が求められるのだった。ちなみに法は文字通り国家の法律で、理は普遍的な物事の道理である。

たとえ煙たがられようと、時には酷な結果となろうと、御史台官にとって真実がいかに重要であるかを沈大夫は切々と語った。

翠珠は沈大夫の訴えを、真摯（しんし）に受け止めることができた。なぜなら真相を明らかにすることで煙たがられるのは、医師にも通じる気がしたからだ。

それが患者の為だと思ってしたことでも、必ずしも好意的に受け止めてもらえるわけではない。難病や不治の病であれば特にそうだし、そうでなくとも患者の精神状態が不安定なときなど、告げる時宜を計りかねる。

翠珠は夕宵のほうをむき、彼の目を見つめてから頭を下げた。

「鄭御史。失礼な真似をして申し訳ありませんでした」

「え？　い、いや……」

　夕宵はひどく慌てたような素振りのあと、ぎこちなく「大丈夫だ」と言った。そうしてわざとらしく咳払いをして、あらためて沈大夫にむきあう。

「それで不審なものに、覚えはないのですか？」

「そのような心当たりはない」

　沈大夫は否定した。

「中風で倒れて以来、奥向きで調理した物以外は口にしておらぬ」

「奥向きの者達の身元は、しっかりしているのでしょうか？」

「とうぜんだ。安南の獄以降、その点はずっと注意をしている」

　ここにきて、またその話題が出てきた。二十年も前の事件ということだが、沈大夫の年回りを考えれば、当時は捜査の中心にいても不思議ではない。

「だがそのような事情ゆえ、復職はもうしばらくだけ様子見だ。迷惑をかけて心苦しいが、よろしく頼む」

「病であればいたしかたありません。大夫が復職なさるまで、中丞方の指示に従って御史台の業務を遂行しますのでご案じなさいますな」

　夕宵が中丞方と言ったのは、次官の定員が二人だからだ。ちなみに判官の御史は四人なので、欠員がないのなら夕宵には同僚が三人いることになる。

　部下の励ましに、沈大夫は苦笑を浮かべる。

「不満があればきちんと訴えるがよい。中丞達はそれぞれに有能だが、少々雑なところがあるからな。思慮深い者なら四人もいる御史の中から、よりによってそなたのような若い美男子に後宮の事件を担当はさせぬ」

指摘されるまで気にもしていなかったが、確かにそうだ。顔の造作はしかたがないとしても、せめてもっと年配の者に担当させたほうが、おたがいを刺激しあわずに良かったのではないか。

夕宵の反応を見ると、単純に肯定もできずに複雑な顔をしている。若い美男子と言われて、たとえそれが紛（まが）うことなく事実でも普通の神経なら肯定はできない。

言う言葉に困ったのか、夕宵は少し話題を変えた。

「かねてのように、内廷警吏局が機能してくれていればよいのですが……」

愚痴るようなその発言に、沈大夫の目がたちどころに鋭くなる。

とつぜんの変化に、翠珠は目を瞬（しばた）かせた。

「今上の在位中は無理だ」

歯のせいで多少滑舌の悪さは残るが、沈大夫の物言いも表情もそれまでの穏やかなものからは一転していた。

「陛下は安南の獄を、ご自身の治世での最大の恥部と思（おぼ）し召しだ。それに市井の警吏局は昔から御史台の管轄下にあるのだから、そもそも内廷警吏局のみに独立が認められていたこと自体がおかしかったのだ」

身を硬くして上官の話を聞く夕宵の姿に、翠珠は安南の獄がいかに当時の宮中を震撼させた事件だったのかをあらためて痛感した。

見舞いが終わればすぐに帰るつもりでいたが、沈大夫が「せっかくだから食事をしていきなさい」と誘ってくれたので、そのままご馳走になることにした。寮の門限にはまだ間に合うし、夕宵が送ってくれるのなら多少の暗さは怖くない。

しかし拓中士は、息子の風邪を理由に断った。医師の目からすれば心配するほどのものではないが、妻が不安がっているので帰ってやらねばということだった。沈大夫は残念がったが、それではしかたがないと素直に納得して、妻子に食わせてやれと総菜をいくつか持たせてやったのが四半刻程前のことだ。

さて黒檀の卓上には、大皿に盛られた美味しそうな料理がいくつも並んでいた。卵白の衣をつけた小海老の揚げ物。野菜と豚肉の甘辛炒め。鶏肉と馬鈴薯と茸の煮物。卵と揚げ豆腐の炒め物。誰もが好む家庭料理でありながら、地味に手間がかかるものばかりなので、官舎住まいの人間にはまことにありがたい献立だ。

小皿に取り分けた小海老の揚げ物を頬張る。ふんわりとした衣とぷりぷりの小海老の食感と、程よい塩加減があいまって絶品の味だった。

「美味しい」

頬を上気させた翠珠を見て、夕宵は自分も箸を動かす。

「確かに、これは美味ですね」

「それは良かった」

嬉しそうに言う沈大夫の前には、白粥が置いてある。しかしお菜の皿はない。

翠珠は尋ねた。

「お料理を、なにかお取りしましょうか？」

「いや、遠慮せずに食べなさい。私のぶんは直に来る」

「大夫のぶん？」

そのとき若い仕女が入ってきて、大夫の前に皿を置いた。その料理を見て、翠珠は納得した。それらはすべて粗みじんに刻まれていたのだ。翠珠の視線に気づいた沈大夫は箸ではなく匙を手に、にやっと笑った。

「歯が弱いのでな。中風で倒れる前から、このようにしてもらっている」

「良かった。粥だけではなく、もうそのような食事も摂れるのですね」

安心したように夕宵が言う。

「今日からだ。熱は数日出ていないので、そろそろ良かろうと思ってな。肉を食べるのは何日ぶりかな」

「海老の揚げ物も、とっても美味しいですよ」

翠珠が言うと、沈大夫は嬉しそうな顔で匙を取った。

揚げ物は衣で熱を保っているところがあるので、刻んでしまうとどうしたって風味は落ちるだろうが、歯が弱くてうまく咀嚼（そしゃく）ができないのであればしかたがない。それでも粥だけよりはずっと旨みはあるはずだ。

あんのじょう匙を口に運んだ沈大夫は、えも言われぬ顔をする。頬をもごもごと動かしながら、数日ぶりの濃い味付けの料理をじっくりと味わっている。

中風の既往歴があるということだったが、むせることもなく、口角から食べ物が零（こぼ）れていることもない。

（こうやって栄養を摂って体力がつけば、再発もなくなるかも）

そんなことを願いつつ、翠珠は自分も箸を動かした。

元々の好物である小海老の揚げ物がやはり一番美味だったが、卵と揚げ豆腐の炒め物が思った以上に好みの味で舌鼓を打つ。

「うまいな」

沈大夫が言ったので、翠珠と夕宵もあいづちを打つ。

苦い薬ではなく、美味しいものを食べて健康になる。こんな幸せはない。せっせと匙を口に運ぶ沈大夫の健啖（けんたん）ぶりに、翠珠はわがことのように幸せな気持ちになった。

沈家を出たときはかなり暗くなっていたので、灯籠（とうろう）を借りることにした。

高官である沈邸は閑静な通りに建っているので、日が暮れると大通りのような明るさも人気も無くなって、かえって物騒な気配がある。

竿付きの灯籠を、夕宵が手にしている。翠珠は彼の横に並んだ。ぶらぶらと揺れる灯りが、あたりをぼうっと照らし出す。

「沈大夫、お元気そうでしたね」

「――そうだな、ひとまずはほっとした」

奥歯にものが挟まったような返答に、翠珠は訝し気に彼を見た。夕宵自身は正面を眺めたままだったが、まるで翠珠の反応に気づいたかのように低い声で言った。

「再燃を繰り返すという事態が、やはり気になっている」

「なにか不審な点がありましたか？」

翠珠の問いに、夕宵は首を横に振った。

夕宵は念のために、沈家で働く者達も疑った。それを沈大夫は立腹することもなく受け入れ、安南の獄以降は十分注意はしていると答えた。

「沈大夫は、安南の獄にかかわられていたのですか？」

「捜査の主導をなされたそうだ。当時は犯行にかかわった妃と太監達から、かなり過激な妨害を受けたと聞いている」

この場合の妃というのは、廃妃となった三妃のことだろう。主犯の太監達もだが、真相が明るみに出れば厳罰は免れないのだから、そりゃあ手段を選ばずに妨害しようとするだろう。

「最初は賄賂で取り込もうとしたらしいが、それが無理だとなると、毒物や刺客等あの手この手を使って命を狙われたらしい。そんな過去があるから、陛下はもちろん当時を知る御史台の役人は、なにがあっても内廷警吏には権限を戻さないとしているんだろう」

そこで夕宵はいったん言葉を切り、気まずげに言った。

「だから、あれはちょっと失言だった」

「内廷警吏局が機能していれば、と言ったことですか？」

夕宵はうなずいた。

「事件にかかわった者は全員処分されている。私にとっていまの内廷警吏は、後宮捜査における良き協力者だ。優秀な者、信頼を置ける者も幾人かいる」

後宮での夕宵には、臙脂色の官服を着た内廷警吏がよく付いていた。

夕宵はいったん言葉を切り、ため息とともに言った。

「しかし命を狙われた大夫には、過去のことにはならんのだろう」

呂貴妃にかんしても、似たような話を聞いた。安南の獄を目の当たりにした呂貴妃は、毒物にかんしてはことさら神経質になっていると、甥の高峻が言っていた。

見るからに神経質な呂貴妃のみならず、穏やかな佇まいの沈大夫までもが、二十年過ぎたいまでも疑念を消せないでいるのかと考えると切なくもある。

もっとも今回の熱病の再燃にかんしては、むしろ慎重になっているのは夕宵のほうだった。沈大夫は自邸の管理には自信があるとみえて、自分が口にするものに不審を抱いていなかった。刻み食とはいえ、久しぶりの菜を心から味わっていた。

（あれ？）

脳裡にある可能性が思い浮かんだ。

しかし、すぐにまさかと思う。だって、あんなに美味しそうに食べていたのに。むせることも零すこともなく、きちんと匙を運んでいたのにそんなことが——。

（ないとは、言えない）

医療院からの道のりで、拓中士が語った言葉を思い出す。

もはや五行や陰陽の理屈だけで、病は説明できない。だからこそ腑分けの後に、あらためて解剖図を確認したのではないか。

土塀添いの小路を進み、辻に出たところで翠珠は言った。

「私は寄るところがありますので、鄭御史は先にお帰りください」

あまりに堂々としていたので、しばし夕宵は意味が分からぬという顔をした。幽玄な灯籠の灯りが、間の抜けた彼の表情を照らし出した。そんな顔をするのもとうぜんか。なんのために翠珠が、用事もない沈家に留まっていたのか。送ってゆくという夕宵を待つためだったのだから。

「私、これから拓中士のお宅に行ってきます」

「いや、李少士……」

「今日はお疲れさまでした」

「待て、待て！」

踵を返そうとした翠珠の腕を、あわてて夕宵はつかんだ。彼の反対の手には灯籠が揺れている。つまり翠珠は、灯りも持たずに拓中士の家に行こうとしていたのだ。

「危ないだろ。こんな遅い時間に婦人が一人で」

「一刻も早く、拓中士のところに行きたいのです」

こうなると、どうあっても門限には間に合いそうもない。医官は不意の残業や出勤があるので学生のように厳しい罰則はないが、食堂の掃除三日間ぐらいは覚悟していた方がよさそうだと、すでに腹はくくっていた。

「拓中士にも迷惑だろう」

「病にかんすることであれば、先生は心配ありません」

もちろん程度や緊急性にもよるが、一年半以上の付きあいだから拓中士の反応はだいたい想像がつく。

話が通じないと諦めたのか、夕宵は露骨なため息をついた。

「何故だ？」

「確認したいことがあるのです。沈大夫のことで」

「……だろうと思った」

あっさりと納得を得たことで、翠珠は目を円くして夕宵を見上げた。

「でなきゃ、この間合いでそんな暴挙には出ない」

暴挙と言われたことは甚だ不服だったが、いまはそんなことに反論している場合ではない。

「沈大夫にかかわることなら、私も素知らぬ顔をできない。一緒に行こう」

「事件じゃなくて、病ですよ」

「だとしても、君一人をこんな夜更けに一人で行かせられるわけがないだろう。かどわかし未遂が起きたばかりだと言ったのをどうやら忘れているようだな」

さすがに腹立たしくなったのか、夕宵は声を大きくした。ここにきてはじめて翠珠は自分の迂闊（うかつ）さに気づいた。

「……すみません。危険なので、一緒に行っていただけますか」

神妙に願い出ると、夕宵は「よし」とうなずいた。得意げな顔をしていた。

辻から北上せずに南下する。拓中士の家は医療院に近い場所にあるので、官舎とは反対方向だ。

灯籠で足元を照らしながら、そろそろと歩く。大通りから少し離れた通りは中程度の大きさの住宅が立ち並んでおり、土塀のむこうから家の灯りがこぼれている。通りに人気はなく、ただ歩くだけであれば酒家や妓楼（ぎろう）等の店が立ち並び、酔客が練り歩いている大通りのほうが安全なのかもしれない。

「すみません。お手間を取らせて」

恐縮しつつ言うと、夕宵は口ずさむように言った。

「君が病の追究にこだわるのは、私がなにくれと人を疑ってかかるのと同じ性なのかもしれないな」

翠珠は足を止めて、夕宵を見上げた。

夕宵も立ち止まって、翠珠を見下ろした。

四つの眸がきちんと重なると、夕宵はやれやれとばかりに苦笑する。灯籠の光につられて飛んできた羽虫が、火袋にぶつかってばちんと音を立てた。

「だったら、しかたがないだろう」

どこか楽し気に語るさまは、まるで古くからの友人に対するような親し気な物言いだった。

気持ちが高揚する。

女と男。医官と御史台官。単語にすればまったく関連がなかった相手に、翠珠は深い共感を抱いた。仕事を持つ者同士として——。

おそらくだが翠珠には、夕宵ほどの使命感はない。まして世に貢献できるほどの能力もまだない。

けれど自分の行動がきっかけで、患者の苦しみが著しく軽減することが起こりうるのだと呂貴妃の件で知った。それにより、自分が見て見ぬふりをすれば患者の苦しみが長引く可能性もあるのだと逆説的に理解した。ゆえにこの件も、悩む前に動かなければならないと思ったのだ。

「鄭御史」

　翠珠は呼びかけた。

「私が呂貴妃様の件を相談したのは、鄭御史だからだったんですよ」

　夕宵は手にしていた灯籠を揺らした。萱草色をした柔らかい光が、彼の端整な顔をふんわりと照らしだした。頰のあたりの赤味が、少し濃くなったように見えた。

「ありがとう」

　それは灯籠の静かな光に溶けこむような、自然な声だった。

　しかし次には、夕宵はもう口調をあらためていた。

「それで、沈大夫はどこが悪そうなんだ？」

「おそらく、お菜です」

「菜？　ならばやはり食事が原因が？」

　一度は疑った不審物の摂取を思いだしたのか、夕宵の声は険しい。

　しかしそれはちがう。確かに原因は食事だが、翠珠の考えは夕宵が考えていることとはまったくちがっている。

　あらためて、沈大夫の症状を思いだしてみる。

　安静と食療として粥を摂っていても、数日ごとに再発する熱病。歯の欠損による咀嚼機能の低下を補うために粗く刻んだ菜。年齢と体質もあるのだろうが、きちんと食事を摂っているとは思えない、るい痩気味な体軀。

学生時代に経験した腑分けと、そのあとに調べた解剖図。

五行、陰陽の理屈だけでは説明しきれない、ある意味もっと単純明快な人の身体の構造を考えれば、翠珠の仮説はありうるのではないか。

「そうではなく、大夫はお菜を食べていないのかもしれません」


それからひと月余して、杏花舎を思いがけない人物が訪ねてきた。

そのとき翠珠は詰所にいて、紫霞に諸々の報告をしていたのだが、宮廷医局長がすぐに客間に来るように言ってきたのだ。

「なにか、やったの？」

不安とも怒っているともつかぬ口調で紫霞は訊くが、翠珠には覚えがない。客間だというから叱責されることもないだろうが安心はできない。とにかく内廷勤務に移ってからの数々の理不尽な出来事は、容易に翠珠の想像を上回る。ただでさえ先日起きたばかりの騒動で、内廷全体に緊迫した空気が漂っているというのに。

回廊を進み、客間の前で訪室を告げる。すると片側の扉が開き、奥からどういうわけか夕宵が顔を出した。

「鄭御史、またなにかあったのですか？」

「私が来たら、すぐに事件だと思うな」

夕宵は嫌な顔をしたが、実際にその通りではないか。現に先日の騒動で、いま内廷はひどく揺らいでいる。

「李少士、早く入りなさい」

宮廷医局長の声がした。外廷勤務が中心の男性医官なので、挨拶くらいしかしたことがない相手だ。

夕宵の脇を抜けて奥に入ると、蘇芳色の官服を着けた年配の男性が医局長とむきあって座っていた。五十代半ばほどであろうか。やや細身だが、しっかりした体格をしている。

誰だろうと首を傾げていると、男性はくすっと口許をほころばせた。そこからのぞいたまだらな歯の並びに、翠珠は思わず声をあげる。

「沈大夫!?」

「久しぶりだな、李少士」

あまりの変わりように、快癒を喜ぶよりも呆然としてしまう。肉付きもだが、こんなに若かったのかと驚いた。先日会ったときは、十歳は年長に見ていた気がする。

「お、お元気になられて……」

「そなたのおかげだ。私の誤嚥に気づき、治療をしてくれた」

「いえ、治療は拓中――」

言い終わらないうちに、夕宵から背中を小突かれた。なにをするんだと抗議しかけて、医療院勤務の拓中士が、外来患者以外の診察や治療を行うには色々と制約があることを思いだした。

その点で翠珠は宮廷の医局員だから、官吏を診ることに問題はない。現実的には二年目の少士が御史台長官の治療を受け持つことなどありえないが、この場にいる三人の反応から、どうやら翠珠が診たということで押し通すつもりらしい。

あの夜——沈邸を出てから、強引に夕宵を説き伏せて拓中士の家にむかった。

すでに私服に着替えていた拓中士にも、息子の看病に一息ついたところの妻にもたいそうな迷惑をかけたと思うが、あのときの翠珠は沈大夫への心配で頭がいっぱいであまり気にしていなかった。そのぶん夕宵はだいぶ恐縮していたが。

翠珠は、沈大夫の食事の危険性について相談をした。すると拓中士は、翌日に沈家に行くことを約束してくれた。

それからひと月余して、今日のこの結果である。

先程の沈大夫の礼と現状から察するに、翠珠の診立てはあたっていて、拓中士は適切な治療を施してくれたようだ。

沈大夫との話が一段落ついたところで、医局長が問う。

「それにしても、李少士。なにがきっかけでむせてもいない沈大夫が、誤嚥をしていると気づいたのだ？」

「食道と気管の構造上、そんなことがあってもおかしくはありませんから」

翠珠は答えた。

解剖図を見ればより分かりやすいが、食べ物を胃に送りこむ食道と空気を肺に送る気管は、口腔の奥から喉の中で並列して存在する円筒状の器官である。加えて気管は鼻腔だけではなく口腔にもつながっているので、なにかのはずみで食べ物がそちらに零れ落ち、いわゆるむせという現象が起こる。これは咳によって異物を吐き出す防御反応なので、ある意味では安心材料とも言える。

「それは無論だが、大夫は苦しそうではなかったのだろう？」

「中風の影響で、喉の機能と感覚が多少鈍くなっておられたのではと考えました」

異物が気管に入ったら、普通はむせて吐き出す。

しかし大夫は中風の影響で喉が弱っていたため、それが機能しなかった。高齢者の中には、病などなくても飲みこむ機能そのものが低下して、むせを起こすことなく食べ物が気管を下って肺に達してしまう者もいる。これが『誤嚥』という現象で、異物により肺が炎症を起こして熱病の原因となる。

「なるほど」

医局長は納得顔でうなずき、今度は沈大夫のほうを見る。

「大夫には、飲み込みが悪いというご自覚はなかったのですか？」

「ほとんどなかったな」

「それはお粥だったからだと思います」

翠珠は言った。

「再燃を繰り返すということは、逆に言えば誤嚥をしていない時期があるということです。それがお粥を食べていたときではないかと思ったのです。とろみのあるお粥は喉の機能が弱い方でも飲みこみやすいので」

「しかし食事を常食に戻したから、誤嚥を起こした?」

確認するように医局長が言う。

「それもあるかもしれませんが、今回の場合はむしろ刻み食だったことのほうが問題だったのではと拓――」

拓中士が言っていた、という言葉をあわてて翠珠は呑みこんだ。ここで彼の名前を出してしまっては、ここまでの猿芝居の意味がない。

「なるほど」

語尾を濁したことは、医局長は聞かぬふりをした。

「刻み食は歯が弱い者には適しているが、飲み込みや舌の動きが悪い者には、かえって誤嚥を誘発するからか」

医局長の確認に、翠珠はうなずいた。正直なことを言えば、沈大夫の邸を出たときは刻み食の危険性にまでは気付いていなかった。しかし拓中士からそのことを指摘されたので、官舎に戻ってから調べた。

咀嚼により小さくなった食物は、唾液と舌の動きによりまとめられることでするりと喉を通過できる。しかし口腔や舌の動きが弱い者はうまく食物をまとめられないので、ばらばらのまま飲み込むことになり、その破片が気管に落ちる危険性が高くなるのだった。そして高齢者、中風の既往歴がある者、体力が落ちている者は舌の動きが弱くなっていることがある。

翠珠は沈大夫の姿を観察した。顔色もよくなり、身体には肉がついている。栄養がきちんと摂れている証だが、飲み込みの機能や舌の動きが悪かった状態でどのような食事をしていたのだろう？　ここまで回復するために、拓中士は彼にどんな食療を提案したのだろう。

「療養中は、どのような食事をお召しあがりでしたか？」

これも治療者が翠珠とされている状況では微妙な質問だったが、とりあえず咎められることはなかった。

「基本は餡掛けの料理を食べていた。食事が多く摂取できると自然と体力も飲みこむ力もついてきたのでな、いまは物によっては粗く刻んだものを食べている。しかし熱は出ていないから大丈夫だろう」

なるほど。餡掛け料理なら、とろみがあるので飲みこみやすい。加えて食物がばらけることもない。種類も豊富で患者が飽きることもない。そうやっと栄養を摂っていくことで、口腔や嚥下の機能も自然と回復してくる。ゆえにいまは誤嚥することもなく刻み食を摂取できるようになった。

　さすが拓中士だ。

「お元気になられて、よかったです」

「そなたのおかげだ」

　沈大夫は繰り返した。

　気持ちはありがたいが、治療は拓中士の功労なので少々心が痛む。複雑な顔をする翠珠に、沈大夫は笑った。

「鄭御史から聞いた。そなたは門限破りとなることを厭(いと)わず、夜更けに私の病状を確認に行ってくれたそうだな」

　門限破りというところで、医局長が不審な顔をした。女子医官の官舎での風紀指導など彼にはどうでもよいことだろうが、部下の失態にはちがいない。ちなみに門限破りの罰則は、事情を考慮してもらって食堂の掃除一回で終わった。

　医局長の微妙な反応を無視して、沈大夫はつづける。

「面倒だからという理由で避けようとせず、さりとて一人で暴走するのではなく、信頼できる相手に頼ることは、あんがいにできないことだ。そもそもそのように信頼できる相手を得ていること自体が貴重だ」

　沈大夫の言葉に、翠珠は胸を衝(つ)かれた。

　呂貴妃の異変に気づいたとき、それを訴えることにためらいがあった。

思い過ごしだった場合、上の者達に叱責されるかもしれないし、下手なことを言って内廷の理不尽に巻き込まれたくないという懸念もあった。

けれど夕宵のまっすぐな姿勢に促されて、なんとか勇気を出せたのだ。

しかし今回、翠珠は自分の意志で沈大夫の病変を明らかにしようとした。そして夜更けの迷惑も顧みずに拓中士のもとに走った。強引なあの行動はある意味で暴走だったのかもしれないが、それを褒めてもらったことは素直に嬉しい。

「ありがとうございます」

「李少士。それができているかぎり、そなたはよき医師となるであろう」

小さな高揚で、頰がぽっと赤くなる。

そういえば沈大夫には、はじめて職名で呼ばれた。他意は感じなかったが、先日は小姐としか呼ばれなかった。そのことに気づいて、ちょっと感動する。

「ただし、夜遅くに若い娘が一人で出歩こうとするのは、感心はできぬ」

「――すみません」

門限破りと夕宵に迷惑をかけたことには、しっかりと釘を刺されてしまった。

身をすくめる翠珠に、沈大夫と医局長は声を揃えて笑った。

そこで話は終わるかと思ったのだが、不意に沈大夫が表情をあらためる。

「話は変わるが――」

「はい？」

医局長が返事をしたが、沈大夫の目は翠珠にむけられていた。

柔和な双眸の奥で光る鋭い眼光に、ああやはりこの話題かと翠珠は観念した。

「栄嬪が安倫公主を殺めようとしたのは、まことのことなのか？」

第三話　女子医官、悪妃を救う

話は少し前にさかのぼる。

　翠珠が沈大夫の邸で彼の異変に気付いた翌日か、その翌日あたりだった。体調不良を理由に、紫霞が休みを取った。数日の予定だというので月経痛かと思ったが、休むことを教えてくれた陳中士はそうではないと言った。

「疲労がたまったみたい。忌引きの休職者が重なって、近頃は忙しかったからね」

　熱心で根を詰める性質なので、そういうことが起こりやすいのだろう。一年に一度あるかなしかだが、これまでも何度かそんな理由で紫霞は休みを取ったことがあるというのだった。

「晏中士でも、そんなことがあるのですね」

　翠珠は驚いた。凍てついた雲の下でも凛とした寒牡丹のように隙のない印象の人だが、やはり人間なのだ。

「あの娘は、ちょっと働きすぎよ」

　まるで妹に対するような口調で陳中士は言った。三十代半ばほどの彼女は、ふっくらとして色白の、優し気な印象の婦人だった。夫は開業医で、十歳の男児を筆頭に子供が三人いると聞いている。

「医者の仕事が好きでたまらないのよ。それは素晴らしいことだけど、身体を壊しては元も子もない」

初対面の日、翠珠を先に帰して残業に勤(いそ)しんでいた紫霞の姿を思いだす。

「まったくそのとおりですね」

「晏中士から申し送りは届いているから、この通りに対応してちょうだい。なにかあったら私に相談をして」

「はい。よろしくお願いします」

申し送りには、紫霞の担当患者の処方や病状が簡潔に記してあった。内廷での勤務もそれなりにこなしてきたので、おおむねは翠珠も理解している。

だが、気がかりがひとつある。

「あの、河嬪様はいかがいたしましょうか？」

流産以来、梨花殿に引きこもってしまっている河嬪とは、未(いま)だに顔を合わせていない。なにしろ紫霞だって、三回に一回ぐらいしか会えていないのだ。翠珠が一人で行ったところで、とうてい会わせてはもらえまい。

「処方は十全大補湯(じゅうぜんたいほとう)でしょう。もしお会いしてもらえなくても、お薬だけお渡ししておきなさい。晏中士だって三回のうち二回はそうしているのだから」

あっさりと陳中士は言った。まあ、確かにそうだ。

十全大補湯は、正気を補うための補益剤の一種である。その中で特に血と気の不足に効果があるので、出産や流産後の体力消耗にはよく用いられる。危険な薬ではないので、処方にあたってさほど神経質になることもないだろう。

河嬪と栄嬪のための煎じ薬を準備して、まずは梨花殿に行った。

しかし、やはり河嬪には会ってもらえなかった。

予想していたことではあるが、紫霞が数日休むことを考えると、万が一のときのために彼女の状況は把握しておきたい。その旨を伝えるも女官からは「お心がふさいでおられるのです」と常と変わらぬ素っ気ない返事が繰り返される。

「昨晩などは河嬪様を哀れに思し召された陛下が、わざわざお越しになられたのです」

通常の夜伽は、指名を受けた妃が皇帝宮を訪れる。

河嬪のいまの体調では夜伽が行われたのかは分からぬが、皇帝から妃を訪ねること自体が破格の待遇といってよい。

そこまで彼女の状態は深刻なのだ。二年目の研修医など、とうてい会ってもらえるはずがない。河嬪の診察を諦めた翠珠は、女官に煎じ薬を渡して梨花殿を出た。

そのまま芙蓉殿に足を伸ばす。気は重いが、行かぬわけにはいかない。

院子に入ったところで、正房の扉が音をたてて開いた。黒檀の格子扉から出てきたのは栄嬪の女官だった。彼女は翠珠の顔を見るなり「李医官」と叫んだ。

「早く来てちょうだい。栄嬪様がまた転ばれたのよ」

翠珠は危うく煎じ薬を落としそうになった。

気を取り直し、草花の剪定をしていた下婢に陳中士を呼んでくるように言った。もしものときは自分一人ではとても対応できない。

「陳中士がいなかったら、誰でもいいから加勢の医官を呼んできて」

栄嬪は最奥の寝室にいた。御側付きの筆頭女官が天蓋をかきわけると、薄暗い室内でもはっきりとわかるほどに青ざめた顔で震えていた。

「栄嬪様」

呼びかけても歯をがちがちいわせるばかりで返事はない。翠珠は筆頭女官と目配せをしあい、了承を得ないまま布団をはぐった。

腹部はかわらず膨隆しており、出血も見られない。ひとまずはほっとしたが、まだ安心はできない。

「今日一日は起き上がらずに、安静にしていてください」

明日以降どうするのかは、陳中士に判断してもらおう。しかしよりによって紫霞がいないときに、こんなことが起こるなんて。

「いったい、どうなされたのですか？」

翠珠は女官に問うた。前回の転倒のことを考えれば、当人も周りも慎重にふるまっているだろうに。

「お着替えを召されている最中に、急に頽れられたのです……」

「起き上がったさいではなく、立っているときにですか？」

「はい。先日の件がありましたので、私達も立ち上がられるときやお歩きになるときは、かならず手を添えていたのです。ですがお着替えのときは、どうしても離さざるをえない瞬間がありますので」

妃嬪という存在が、着替えにどの程度女官の手をかりているものなのか翠珠は知らない。しかし幼児に着替えさせるときのことを想像すれば、確かに終始手を添えていることは難しそうだ。まして歩行時ならともかく、普通に立っているときに転倒するとは思わないだろう。

「呂貴妃だわ！」

それまで震えるだけだった栄嬪が、とつぜん叫んだ。

虚ろだった目に、いつのまにか激しい怒りの炎が燃えている。

「呂貴妃がなにか仕組んだのよ。でなきゃあれだけ注意していたのに、こんなことになるわけがないわ」

勢いで起き上がろうとした栄嬪を、翠珠と女官であわてて押さえつけた。

「なりませぬ。御身体に障ります」

最初の転倒の事件性の有無を、わざわざ夕宵に調査させた呂貴妃がそんなことをするはずがない――という正論を言っても、いまの栄嬪には通じないだろう。それよりも同意をするふりをして、問診をしたほうが効率的である。

「なにかに滑ったのですか?」

「一歩も動いていないのに、滑るわけがないでしょう」

栄嬪は叫んだ。女官を見ると、彼女はその通りだとばかりに目でうなずいた。

「なにが起きたのか分からないのよ。気がついたら頽(くずお)れていたし」

感情的に喚(わめ)き散らす栄嬪に、翠珠は次第にうんざりとしてきた。

言っていることがめちゃくちゃだ。なにが起きたのか分からないと言いながら、一歩も動いていないと断言している。あるいは転倒の衝撃のみならず、興奮しすぎて前後の記憶があやふやになっているのかもしれない。

しかし本当に呂貴妃のせいだとしたら、杖刑(じょうけい)に処した下婢にはどう詫(わ)びるつもりなのだろうと、現状では的外れなことを考えたりもした。

ちょうどそのとき陳中士がやってきたので、翠珠は彼女に主導権を譲った。

栄嬪はあいかわらず「呂貴妃のせいだ」と喚いている。錯乱しているのか、本当にそう思っているのかは分からない。

けれど不審を抱く気持ちは分かる。いまの栄嬪の症状を鑑みるに、今回の転倒を事故とするのはどうしたって疑問は残るのだった。

『百花の円居』で、栄嬪が呂貴妃にくってかかった。

その報せが杏花舎まで届いたのは、二度目の栄嬪転倒から四日後のことだった。

三日間の絶対安静のあと、ようやく動くことを許可された栄嬪に『百花の円居』の参加は免除されていた。にもかかわらず彼女が出席をしたのは、この席を利用して呂貴妃に詰めよるためだったらしい。

その日、製薬室での話題はそれ一色だった。

「騒ぎを聞きつけた安倫公主様が飛び込んできて、あやうく栄嬪様とつかみあいになりかけたそうよ」

「栄嬪様もあいかわらず怖いもの知らずね。いくら御自身へのご寵愛が厚いからといっても、位は呂貴妃様のほうが上なのに」

「安倫公主様も母親思いなのは感心だけど、妊婦につかみかかるのはやりすぎよ。もう十三歳でしょう」

「お母上からはもちろん、皇帝陛下からも溺愛されておられるからな。他の十三歳よりは子供っぽいのかもしれん」

ひょいと口を挟んだのは、倉庫から戻ってきたばかりの男性医官だった。手にした笊には山盛りの艾葉が入っている。

彼の言うとおり、安倫公主は皇帝の掌中の珠と呼ばれている鍾愛の皇女だ。呂貴妃自身は空閨をかこつ身ではあるが、二人の子の母として皇帝に尊重はされている。

翠珠は先輩達の話に耳を傾けつつ、薬研車（生薬を細かく砕くための道具）を動かしていた。これは煎じ薬ではなく、散薬や丸薬を作るための工程である。隣では若い男性医官が、翠珠が磨り潰したばかりの生薬を、さらに細かくするために引き臼にかけている。霍という姓のこの青年は、今年卒業したばかりなので翠珠の師弟となる本当の新米である。

「それで結局、どう収まったんですか？」

砕いた生薬を受け取るさいに、小声で霍少士が尋ねた。別に聞かれて困ることでもないが、つられて翠珠も声をひそめる。

「皇帝陛下のご勘気に触れて、栄嬪様は三日の禁足と写経を命ぜられたそうよ」

「ご勘気というわりには、軽くすみましたね」

「ご懐妊中ということを考慮なされたのでしょうね。なんといっても先に手を出したのは安倫公主様だし」

「安倫公主様には御咎めはなしですか？」

「彼女も写経を命ぜられたそうよ。未だにおたがいに相手が悪いと言って、譲らないみたいだけどね」

霍少士は心底呆れた顔をする。どのみちいまの栄嬪の状態であまり出歩かれても困るので、禁足は医療的には望むところだと翠珠が言うと、霍少士は遠慮がちに噴き出した。

「李少士、いる？」

苧麻（ちょま）の暖簾（のれん）をかき分けて入ってきたのは、呂貴妃担当の冬大士だった。噂話に興じていた医官達が少し声を低くする。地位の高い大士が、製薬室のような作業場に来ることは珍しい。

「はい」

「呂貴妃様が、久しぶりにあなたの顔を見たいと仰せだったわ。手が空いたら行ってさしあげて」

想定外の指示に、翠珠は薬研車を転がす手をぴたりと止めた。その横で霍少士がはしゃいだ声をあげる。

「師姐（シージエ）はすっかり呂貴妃様のお気に入りですね」

そんな良いものではない、と反論したかった。

呂貴妃のことは嫌いではないが、気難しい方なので緊張する相手には違いない。

とはいえ断るわけにもいかないので、残りの作業を手早く終わらせて気乗りしないまま芍薬殿にむかった。

「遅かったわね」

前庁に入るなり、鈴娘に文句を言われた。こっちだって仕事をしているんだ、と言い返したい気持ちを翠珠は抑えた。もっとも鈴娘のこの手の発言には、もはや腹も立たなくなっていた。人徳ではなく人得というべきだろう。

「呂貴妃様がお待ちよ。早く」

急かされて奥に進むと、呂貴妃は紫檀製の長椅子に座っていた。緞子の座布団に肘をつき、身体をもたれさせている。

「李少士、よく来たな」

呂貴妃は跪いた翠珠を立たせると、鈴娘に椅子を出すように命じた。そうして花梨製の丸椅子に腰を下ろした翠珠に「息災か？」と尋ねた。

「お気遣いいただきありがとうございます。おかげさまで元気にやっております。呂貴妃様はいかがですか？」

「波は多少あるが、悪くはない。これもそなたのおかげだ」

苦笑交じりに答えた呂貴妃の様子を、翠珠はそっと観察した。

癭病の症状はだいぶん落ちついたように見える。絹団扇を持つ手の動きはなめらかで、程よく寛げた襟元から見える首筋もすっきりとしている。

癭病の患者にはかなりの確率で、喉の腫れが出現する。しかし初対面のときは、襟が詰まった大袖衫を着ていたので分からなかった。あとから冬大士に尋ねると、やはり少し腫れていたということだった。さほど症状は進んでいなかったので、本人や女官もまったく気にしていなかったらしい。

「波はどうしてもございますね。特にこの季節は湿気が多いので、それでなくとも体調を崩しやすいのです。どうぞご自愛ください」

「栄嬪もそうであったのか？」

翠珠は言葉を詰まらせる。

なるほど。自分がここに呼ばれた理由に合点がいった。世間話をするために呼ばれたとは、最初から思ってもいなかったけれど。

「私はあくまでも研修医です」

そう前置きをして、翠珠は切り出した。

「その私が拝見したかぎり、特に症状が悪化したとは思えませんでした。杏花舎の他の医官達もそう申しております。けれど結果として転倒を繰り返す形になりましたので、しばらくは慎重に行動していただくよりほかはないかと――」

「ほら、やっぱり仮病ですよ！」

鈴娘の断定に、翠珠はぎょっとした。それを皮切りに、他の女官達もまくしたてはじめた。

「だいたい百花の円居では、なんともなかったじゃない」

「転ぶほどに眩暈がひどいなら、あんなに呂貴妃様に嚙みつけるわけがないわ」

「呂貴妃様を貶めるために企んだのよ、きっと」

「安南の獄に倣ったというわけね」

若い女官達は好き勝手に語るが、安南の獄は自作自演を疑われた妃のほうが被害者だったから話が逆だ。そもそも彼女達の年頃を考えれば、当時は宮中にいなかっただろうに。

（まるで見てきた事みたいに言うのね）

その当時を実際に知っている者は、ここでは呂貴妃と鈴娘ぐらいだろう。どうかしたら鈴娘も怪しいかもしれない。

女官達の言動に呆れつつ、なにげなく呂貴妃に目をむけた翠珠は息を呑んだ。唇をぐっと嚙みしめた呂貴妃の表情が、まるで呼吸をすることを耐えているかのように険しかったからだ。

「……呂貴妃様？」

「それでどうなの、栄嬪は仮病なの？」

呂貴妃の様子に気づいているのかいないのか、いつも以上に強引に鈴娘が問う。思いっきり鼻白んだが、反発してもしかたがないので素直に答える。

「確かに症状に不可思議な点はございます。けれど妊婦が仮病を使って転倒をするなど剣吞過ぎます」

いくら栄嬪でも、さすがにそれはしないだろう。そもそも彼女の性悪さは、奸計に長けているなどの狡猾な類ではない。肉を切らせて骨を断つような、そんな身を削る真似はしそうにもない。

「では、仮病ではないのか」

「私はそう考えております」

翠珠が答えると、呂貴妃は苦し気な表情のままぐっと胸を押さえた。そのまま身を屈め、呼吸を整えるように肩を上下させる。

癭病の典型的な症状のひとつに、動悸がある。その結果として患者が胸の苦しさや息苦しさを覚えることはある。医療院で一症例だけ診たが、中年のその婦人は胸痛が主訴で来院した。

南州の実家でも印象的な一症例を覚えている。裕福な商家出身のその婦人は、元々進行性の眼病を患っていた。それゆえ、持病への心理的不安であろうと誤解してしまい発見が遅れたと、母はいたく反省していた。

「横になられたほうが宜しいのでは？」

翠珠の勧めに、呂貴妃は〝いらぬ〟というように首を揺らす。二度、三度深呼吸を繰り返して息を整えたあと、ようやく胸から手を離した。

（まだ、こんなふうになることがあるんだ）

波があるというのは、つまりこういうことなのか。冬大士からは、比較的順調に改善していると聞いていたが、にもかかわらずこのような症状を呈するのなら、病とはやはり難儀なものだ。

姿勢を立て直した呂貴妃の為に、鈴娘がずれた座布団の位置を正す。そうして女官達に「お茶を」「あなたは夏掛けを」と命令する。その場に控えていた女官達の全員がいったん引き下がっていった。

「あのように若い娘達も知っているのだな」

眉間にしわを刻んだまま、呂貴妃は呟いた。それが安南の獄を指していることはすぐに分かった。

「私も存じ上げております」

呂貴妃は少し驚いた顔をした。翠珠は女官達よりさらに若く、しかもつい最近まで宮外で仕事をしていたから意外だったのだろう。

「そうだな。あれほどの大事件だったのだから、世間が知っていてとうぜんか」

皮肉気につぶやいた呂貴妃の面差しには、疲労の色が濃くにじんでいた。易疲労性（疲れやすい）という癭病の影響もあるのだろうが、それ以上に精神が張り詰めているように見える。それこそ初対面の、癭病の症状でひどく苦しんでいたときのように。

呂貴妃は座布団にもたれかかり、しばらく無言でいた。やがて雨水が木の葉を伝わって自然に落ちるように、ぽつりと吐露する。

「仮病なら、かえってそのほうがよかったのだが」

翠珠は首を傾げた。さきほど栄嬪の症状にかんして、仮病ではないと自身の見解を伝えたばかりだ。それに対してのこの言葉は、どういう意味なのか。栄嬪が仮病であれば、ここぞとばかり容赦なく糾弾できるだろうに。それこそ自害にと追い詰められた賢妃のように——。

そんな憎まれ口を思ったあと、翠珠ははっと思いつく。

「よもや呂貴妃様は、栄嬪様に毒などが盛られたりしていないかと、心配なさっておられるのですか？」

「虫のすかぬ女だが、しかたがない。あれは陛下の御子を身籠っておるし、身の安全を図るのは、最上位の妃である私の役目だ」

その声音に栄嬪に対する思いやりは一片もなかったが、人としての筋があった。

翠珠はいまはじめて、この気難しい婦人の本質をつかんだ気がした。

「たとえ自作自演であったとしても、廃妃達よりずっとまともだ。少なくとも他人に毒を盛るような真似はしていないのだから」

廃妃達というのが、安南の獄で死を命じられた三妃であることは話の流れですぐに分かった。そういえば高峻の説明では分からなかったが、三妃は最初から賢妃を嵌めるつもりで毒を盛ったのだろうか？

（そんなはずないか）

己の考えを、翠珠は嘲笑った。

致死量の毒を準備することは、大抵の者ができる。首尾よく服用させられるかどうかは別として、烏頭や冶葛のような植物、あるいは砒素でも、素人が手に入れられる毒はいくらでもある。

けれど毒殺未遂で留めるには、それなりの医学ないしは化学の知識が必要だ。毒でも薬でもその効き目は、年齢、体格、耐性によって個人差があるから教科書通りにはいかない。

　廃妃達は賢妃を殺すつもりだった。けれど未遂に終わったから、彼女を罠に嵌めて自殺に追いこんだのだ。

　第一皇子に恵まれた賢妃が立后されれば、もはや太刀打ちできぬと恐れたのか、あるいは単純に人間関係になにか問題があったのか、いまさら廃妃達の動機は知るすべもない。いずれにしても人を殺めようとする人間の心情など、人の生命を救う医師として一生分かってたまるものかと翠珠は思う。

「安南の獄のことは、いま思いだしても吐き気がする」

　呂貴妃の押し殺した声は、強い怨念を孕んでいるように聞こえた。

　そうだろう。ある程度の年齢に達していた沈大夫でさえ、この事件には大いなる屈託を抱えていた。まして呂貴妃は、まだ少女といってよい年齢だったはずだ。入宮したばかりの若年時に遭遇したこの陰惨な事件が、彼女の心にどれだけ深い疵を残したのかが伝わってきた。

「廃妃達の処刑は、生涯忘れぬ。庶人に落とされたあの者達は、貨車で刑場に引っ立てられて、観衆の罵倒の中で吊るされたのだから」

　凄惨な証言に翠珠は慄いた。想像しただけで肌が粟立つ。

「ご、御覧になられたのですか？」

「事件に激怒した皇太后が、当時いたすべての嬪と侍妾に処刑を見届けるように命ぜられたのだ。胸に刻み、二度とあのような不祥事を起こさぬようにとな。いまの若い妃達はそれを知らぬ者ばかりだ。迂闊に思いあがったふるまいをすれば、妃とて吊るされかねぬのだぞ」

呂貴妃は忙しなく動かしていた絹団扇の柄を、ぎゅっと握りしめた。

「私が最上位の妃としてある間は、二度と後宮に毒など持ちこませはせぬ」

「――呂貴妃様は、後宮を安心して暮らせる場所になさりたいのですね」

翠珠の問いに、呂貴妃はぴたりと動きを止めた。

その彼女に翠珠は無意識のうちに微笑みかけていた。

呂貴妃と知り合いになってしばらく経つが、いまはじめてこの婦人のことを好きだと思った。

なるほど。確かに優しい人柄ではない。厳格だし、いつなにが逆鱗に触れるのかも分からない怖さはある。そのくせ娘にだけ甘いのも気にはなる。

けれど、利己主義者ではない。

たとえそれが貴妃としての義務であっても、あるいは自身の凄絶な過去の経験に起因していても、彼女は後宮全体のことを考えている。

にこにこと微笑む翠珠に、呂貴妃は罰の悪い顔をする。

「さように、たいそうなものではない。秩序を保ちたいだけだ」

「だとしても、御立派です」

素直な気持ちを翠珠が言うと、呂貴妃は気まずげに視線をそらした。そのまま団扇で顔の半分を隠したまま、ぼそりと言った。

「美味い茶菓子がある。食べていけ」


紫霞が復職をしたのは、その二日後のことだった。

若手という立場上、早めに出勤をした翠珠が杏花舎に入ったとき、紫霞は詰所の机で診療録を眺めていた。

「おはよう。迷惑をかけたわね」

「晏中士、もう良いのですか？」

いったんは謙虚な言葉を口にしたが、すぐに「栄嬪様の具合はどう？」と詰め寄られた。二度目の転倒の件は、もちろん診療録に記載している。あの娘は働き過ぎだという陳中士の言葉は、まったくその通りだと思った。

「転倒のあとの処置は、陳中士に頼みました。幸いにして母体にも御子にも問題はないようです。今日にも禁足が解かれるはずですので、そのあとの行動に注意してもらわなくてはなりませんが」

「禁足でもそうじゃなくても、足を滑らせたらどこででも危険は一緒よ」

病明けでも紫霞の切れ味はかわらず抜群だ。

そのあとも紫霞は、長いこと診療録を食い入るように見ていた。彼女が休んでいる間、その担当患者の記録は翠珠が記した。おかしなことは書いていないはずだが、この光景はやはり緊張する。

やがて紫霞は顔をあげた。

「これを見るかぎり、転倒するほどに症状が悪化しているとは思えないわね」

「私もそう思います。けれどなにかを見落としているのかもしれません。あらためて晏中士の目で診察していただけますか？」

「それはもちろんするけれど、これは陳中士が確認してくれているのでしょう。だったら間違いないと思うわ」

自身の仕事への肯定にもかかわらず、翠珠の期待は萎(しぼ)んだ。実はもしも自分の診立て間違いであれば、栄嬪の転倒の理由が見つかるのではと思っていたのだ。

「やはり栄嬪様の転倒は、不注意と不幸が重なっただけなのでしょうか」

「転倒の現場を見ていないから、なんとも言えないわね」

もっともである。しかしそれを言うのなら、医官達は誰も転倒直後の現場は見ていない。

「女官達は、特に不審な点はなかったと言っていました」

「そりゃあそう言うわよ。自分達になにか過失があれば、杖刑(じょうけい)か鞭打(むちう)ちでしょうからね」

「その件にかんしては、鄭御史が捜査しました」

「それでなんともないと判断されたあとにこうなったから、いまは仮病だとか自作自演だと言われているのでしょう」

「――本当に昨日までお休みなされていたのですか？」

驚きの声をあげる翠珠を、紫霞は鼻で笑った。

ここ二日程、内廷では公然と囁かれている。

栄嬪の転倒は、呂貴妃を貶めるためか、もしくは皇帝の気を惹くための自作自演であると。

妊婦が狂言で転倒をするなどと、およそ常識では考えられない。にもかかわらず栄嬪の日頃の言動の悪さも影響してしまい、すっかりそんなふうに決めつけられている節があった。

医官達はさすがに鵜呑みにはしていない。さりとて、もともとの栄嬪の身勝手な気質に加えて妊婦の不安定な精神状態も承知しているので、よもやの疑いは消せていないようだった。

「零ではないけど、その可能性は著しく低いわよね」

紫霞が冷静に判断をしてくれていたので、安心した。

「私もそう思います」

「今後は大丈夫でしょう。女官達が無関係なら、栄嬪様に張り付いてでも三度目の転倒は阻止するでしょうから」

そんなことになれば、芙蓉殿の女官、太監、もちろん下婢も揃って処分されかねない。

「ですから女官達には、動くときには脇の下をお支えするように言いました。手を握っているだけでは、いざ倒れかかったときに婦人の力では防ぎきれませんから」

翠珠の報告に、紫霞は納得顔でうなずく。

病状としての眩暈とふらつきが防げずとも、きっちりと傍についていれば転倒を防ぐことができる。そこまでひどくはないはずだと言っても、実際に転倒を繰り返しているのだから出産まではそうやって乗り切るしかない。

いったん栄嬪の話を終えると、紫霞はふたたび診療録に目を落とした。

「河嬪様は変わらずだったのね」

「はい、一度もお会いできませんでした」

紫霞だって三回に一回の頻度なのだから、そう簡単に心を許してくれる相手ではないと分かっているが、ここまで拒否されるとなにか自分に落ち度があったのかと疑ってしまう。面識すらない相手に、そんなものがあったとは考えられないが。

「閉じこもりきりというのも、よくないわね。せめて散歩位してくださるとよいのだけど……」

「あ！」

紫霞のぼやきに翠珠は声をあげた。

「明後日の花見には、参加なさるそうです」

驚いた顔をする紫霞に、翠珠は事情を説明した。

庭園の花菖蒲が盛りなので、皇族達内々での花見を催すことになったのだ。

これまでの河嬪であれば欠席をしていたが、彼女の塞ぎこみようを案じた皇帝の命により、ほんの短い時間という条件で顔を出すことになったのだという。

「いよいよ陛下も、痺れを切らされたのかしら？」

「どうなのですか、そういうのって。もちろん陛下のご命令は絶対でしょうが、河嬪様のご病状には差しさわりはないのでしょうか？」

「なんとも言えないわね」

紫霞は首を緩く横に揺らした。

「流産したばかりの頃であれば、精神的にも肉体的にもご負担が大きすぎる。けれど気持ちの落ち込みが主因であるいまは、そろそろ短い散歩でもしていただきたいというのが正直なところだから。このまま引きこもりつづけていては、良くなるどころか他の病を引き起こしかねない」

そこで紫霞はいったん言葉を切る。

「けれどお心の具合の根深さや細やかな部分は、他人には計り知れない」

いつもてきぱきとした紫霞の物言いが、その一言にかぎってはやけにしんみりとして聞こえた。気がつくと紫霞は診療録から目を離し、頬杖をついてあらぬ方向を眺めている。考えあぐねているのか、それともなにか思うところがあるのか、その表情だけでは分からなかった。

「その件で、あとから医局長から話があると思いますが――」

翠珠は切りだした。

「河嬪様に万が一のことがあった場合を考えて、花見のさいには控えていて欲しいとのことです」

その瞬間、紫霞ははっきりと顔を強張(こわば)らせた。

「晏中士？」

「……あ、分かったわ」

ぎこちない反応に不審を覚える。ひょっとして、まだ体調が良くないのか？　あまりにも普段どおりだったので失念していたが、考えてみれば彼女は昨日まで病欠をしていたのだ。

「まだ体調が悪いようでしたら、私が代わりに参りましょうか」

紫霞が柳眉(りゅうび)を逆立てたので、あわてて翠珠は言う。

「もちろんなにかあったらすぐに晏中士をお呼びします。あくまでも念のためにということであれば、お話をしないように離れた場所で控えていれば河嬪様もお許しくださると思うのです」

「怒ってなどいないから、気にしないで」

あっさりと返したあと、紫霞は表情を和らげた。

「急なことなので驚いただけよ。大丈夫、私が行くわ。とはいっても私とて、よほどのことがなければ控所で待機しているだけでしょうけどね」

「骨折り損でも、それが一番幸いですよね」

うんうんとうなずきながら翠珠が言うと、とつぜん紫霞が目を細めた。

予想外の反応に、翠珠は目をぱちくりさせる。紫霞は眩しいものを見るような眼差しで言った。

「健康で、元気があっていいわね」

言葉だけを聞けば、子供っぽさに呆れているようにも聞こえる。そうであったとしても年齢差や経験差を考えれば、別に侮られたとも思わない。

けれど紫霞の物言いはあきらかにそうではなかった。羨望と疲労を交えたような表情は、これまでの怜悧な紫霞からは考えられないことだった。

やはり、よほど疲れていたのだろうと思う。

医者の仕事が好きで好きでたまらないのよ——紫霞の働きぶりを見ていると、確かにそうなのだろうと思う。その彼女がこんな気弱な表情を見せるのだから、疲労は侮れない。なにをどう言ったって、人間は自分の健康が一番大切なのだ。

疲れていたのだろう、という翠珠の推測は当たっていた。

午後に花見を控えたその日の朝、診療録を記録していた紫霞がとつぜん机に突っ伏した。あいにく他の医官は出払っており、翠珠は急いで紫霞の近くに駆け寄った。

「どうなされたのです」

のぞきこんだ紫霞の顔は、まるで氷水をかけられた人のように真っ青だった。呼吸もひどく荒い。これは尋常ではない。翠珠は「誰か……」と声をあげ、先輩医官を呼ぶために踵を返しかける。

「大丈夫よ」

かすれた声で紫霞が言ったので、翠珠は足を止めた。

大丈夫には見えないと言い返そうとしたが、見ると確かに紫霞は落ちつきを取り戻しつつあった。幽鬼でも見たかのようだった顔色は、薔薇色とまでは言わないが、だいぶん血色を取り戻している。

いったん冷静になった翠珠は、茶を淹れて紫霞の前に置いた。

のろのろと身体を起こした紫霞は、それを飲み干した。

「ありがとう、落ちついたわ」

「休んでいてください。花見には私が行ってきます」

「……なにを言っているのよ」

「それはこっちの台詞です。よほどのことがなければ呼ばれることはないとおっしゃったではありませんか。ならば大丈夫ですよ。なにかあれば必ず晏中士をお呼びします。

それに――」

翠珠はいったん言葉を切ると、断言した。

「それもままならないほど急な事態において、あの医者は嫌だという患者の訴えはきく必要はありません」

相手が妃嬪でなくとも、可能なかぎり患者の意向は尊重したい。けれど生きるか死ぬか、あるいは後遺症を残しかねない重大な事態では、優先すべきことはそれではない。

「医者の一番の使命は、患者を救うことですから」

翠珠の断言に、紫霞は目を円くした。まじまじとこちらを見つめたあと、彼女はぽつりと言った。

「自信満々ね」

「へ？」

目をぱちくりとさせる翠珠に、紫霞は微笑みを浮かべる。言葉だけ聞けば皮肉にも取れるが、表情はもちろん口ぶりからも、その様子はうかがえなかった。

多分、褒めてくれている。

勢いで言ったものの、いまの自分の能力は分かっている。そして、できないときはどうすれば良いのか。あるいは誰を頼ればよいのか。それらの全てが翠珠の中で明確になっているのだから、そりゃあ自信満々にも振舞える。

紫霞はふっと口許を緩めた。

「分かったわ。では、お願いするわ」


柳池苑は、内廷のやや北よりに位置する中庭である。

翡翠色の水面を湛える人工の池には、四阿を持つ小島が浮かび、石造りの太鼓橋で渡れるようになっていた。池の周囲は屋根付きの回廊で囲まれており、散策しながら水景が眺められる造りになっている。

池辺には柳の樹木が形よく配され、しだれた枝先が水面ぎりぎりのところまで伸びているさまなど風情がある。

水を背景に、爽やかな夏の花々が咲き競っている。

この時季に盛りを迎えるのは、紫陽花に梔子、夏椿。その中でも特に趣向を凝らしたものが、まるで蓮の花のように水面に咲いた花菖蒲である。

花菖蒲は水草ではないから、普通に咲かせれば水中には根を張らない。背の高い壺を池に埋めこんで、そこに咲かせているのだ。何百本もの紫や白の花が満開ともなれば、池のほとりに灯りをともして、時には小舟など漕ぎ出して夜の花見を楽しむのだという。

しかし今日の花見は昼に催された。この時期には珍しい、湿気のない良く晴れた日和だった。皇帝は母后とともに太鼓橋を渡っている。その後ろに華やかに装った妃嬪達がつづく。

　翠珠は回廊の端に立ち、女官や太監に交じってこの光景を眺めていた。池を挟んで太鼓橋とほぼ並列の位置だったので、花菖蒲の花越しに橋を渡る人達の姿が見えるのだった。

「きれいな庭だなあ」

　呑気に景色を眺める翠珠の後ろでは、女官達が忙しく料理や酒を運んでいる。これから四阿では小宴が催されるのだ。回廊の幅は十分あるので行き来の邪魔にはならないだろうが、人が働いている横でぼうっとしているのは居心地が悪い。

「そのお料理は四阿ではなく、栄嬪様達のところに運んでちょうだい」

　背後から聞こえてきた女官の言葉に、翠珠は物思いから立ち返る。食籠を手にした若い女官に、もう少し上の女官が命じている。となると栄嬪は、皇帝の列には同行していないのか。

（確かに、あの状態で橋を渡ることは怖いわよね）

　翠珠はもう一度、水上に架かる太鼓橋を見た。湾曲がかなり大きく、特に下りなどは腹部で足元が見にくい妊婦には危ない。

　女官達はやり取りをつづけている。

「お酒はなにをお持ちしましょうか？」

「栄嬪様はご懐妊中だから花茶で。河嬪様はご希望を聞いてちょうだい。お二方とも橋を渡りたがらないほどだから、あまりお召し上がりにはならないとは思うけど」

つまり栄嬪と一緒に、河嬪がいるということか。流産の痛手から立ち直れないままでいる河嬪にとって、腹が膨らんだ栄嬪の姿は心をかき乱すものであろうに。

思い至ると、今度は気になってくる。

河嬪にはまだ面会を許されていないが、遠巻きに様子をうかがうぐらいならかまわないだろう。それに相変わらず落ちつかない栄嬪の状態も心配だ。

翠珠はこっそりと食籠を持った女官の後を追った。程よく距離を取りつつ、回廊を進む。やがて前方に休憩所が見えてきた。回廊が池側に半円形に迫り出した形で造られたそこでは、二人の婦人が竹製の卓を挟み、これまた同じ竹製の繡墩（屋外に置くための太鼓形の椅子）に腰掛けていた。

翠珠のほうから見て、奥に座っているのは栄嬪だった。色を変える移り気な紫陽花を思わせる赤紫色の大袖衫。ごてごてと飾り立てた宝飾品が、日差しを反射して目を刺すようなはた迷惑な光を周りにふりまいている。

ならば手前にいる若い婦人が、河嬪であろう。

ここからでは横顔しか分からない。いずれにしろ遠目だからはっきりとした顔立ちまでは知れぬが、青磁色の大袖衫に包まれたほっそりとした身体と嫋々とした佇まいは伝わった。

食籠を受け取った栄嬪付きの女官が、卓上に料理を並べはじめた。

柱の陰に隠れて様子をうかがっていると、空になった食籠を持った女官が、翠珠を見て「なにをしているの？」と不審げに尋ねた。料理を届けて引き返してきたのである。あなたの後をつけていたとはさすがに言えない。

「お二方の様子が心配になって」

「ああ、医者としてはそうよね」

そこで女官はそっと声をひそめた。

「栄嬪様ったら、悪阻の辛さをずっと愚痴っておられるのよ。あんなことを聞かされる河嬪様がお気の毒だわ」

それは確かにひどい。

眩暈もそうだが、栄嬪の妊娠による不調は確かである。愚痴の一つや二つも言いたくなるだろう。

けれどそれを河嬪に言うのは、無神経が過ぎるというものだ。いや。あの栄嬪であれば、悪意で言っていることも考えられる。翠珠の心には、泣き叫ぶ下婢の姿と、河嬪や呂貴妃に対する栄嬪の暴言がしっかりと刻み込まれている。

「河嬪様が本当にお気の毒。あんなに朗らかでお優しい方だったのに、すっかり別人のようになってしまわれたわ。島に渡ることも頑なに拒否なされて、さすがに陛下も気分を害されたみたい」

女官の言葉に翠珠は眉をひそめた。

今上が暴君だという話は聞かないし、励ましを何度も蔑(ないがし)ろにされると〝いい加減にしろ〟という気持ちになるのは分からぬでもない。

翠珠の短い臨床経験の中でも、また南州でもそんな事例は何度も目にしてきた。最初のうちは献身的に看護や介護をしていても、あまりにも長期にわたって回復の兆しが見られないと、病人に対する感情は、疲弊から失望や怒りにと変わってゆく。ましてて皇帝という立場である。天子がここまで気遣っているのに、という気持ちになっても不思議ではないのだ。

「河嬪様へのご寵愛(ちょうあい)が途切れやしないかと、心配だわ」

女官の懸念はもっともなものだったし、同郷という縁から翠珠も河嬪には同情している。いま顔をみたばかりで、しかも話したこともない相手だが、下手に話をして人となりを知ったことで栄嬪には同情がしづらくなった。

もちろん、それと治療は別である。

女官が行ったあとも、翠珠は二人の嬪(ひん)の動向を見守っていた。特に栄嬪などはいつ眩暈を起こすか分からない人だ。いまは座っているから、これまでのことを考えても心配はないだろうが。

（本当に、ああしているとなんともなさそうだけど……）

正直に言えば、仮病や自作自演を疑われるのも納得できる。

だとしたら、それを見極めるのも医師の仕事だが、病み上がりであの状態の紫霞にそれを持ち掛けるのは負担が大きい。なんとか自分で探ることはできないかと、目を皿のようにして栄嬪の所作を見守る。

（だいたい仮病だとしたら、目的はなに？）

人の同情をひきたい、ないしは注目を集めたいがために、具合が悪いことを必要以上に大袈裟に、もしくは病状そのものを虚偽報告する者はいる。しかし帝から寵愛され、懐妊中の栄嬪にそれをする理由はない。

そういえば芍薬殿の女官達が、呂貴妃を嵌めるためだと言い張っていた。

あのときはなにを馬鹿なことをと思ったが、河嬪の部屋から牡丹皮が見つかった件にかんしても、栄嬪は呂貴妃の仕業だと騒いでいた。目の上のたんこぶで、かつ関係の悪い呂貴妃を嵌めるために自作自演をしているという可能性が零とはいえない。

「なにをやっているんだ、こんなところで」

とつぜんの声に、翠珠は振り返る。

腕を組んで立っていたのは、夕宵だった。少し離れた場所に案内役として立っているのは、今回は白髪の老女官だった。内廷警吏とは、どういう基準で選択しているのかよく分からない。

「鄭御史こそ、なぜ内廷に？」

「捜査に決まっている。それ以外で普通の官吏が後宮には入れるものか」

そんなものかと翠珠は思った。なにしろ初対面の馬薬舗以外、彼と顔を合わせた場所は後宮ばかりだった。

（あ、沈大夫のお邸があったか）

あの日の夜、沈大夫が不顕性の誤嚥を起こしている可能性を、夕宵と拓中士に報告した。その後の診断や容態がどうなったのか報告はなく気になっていたが、いま訊くべきはそちらではなかった。

「栄嬪様の件は、事故と判断されたのではありませんか？」

「そのあと、また不自然な形で転倒したのだろう。仮病の噂も知っている。そもそも河嬪の牡丹皮の件も解決していない」

「……よくご存じで」

「御史台の情報網を甘く見るな」

短く言うと、夕宵は休憩所に目をむけた。

なにを話しているのかは分からぬが、栄嬪はときおり興奮したように手を激しく動かしている。対照的に河嬪に大きな動きはない。性格もあるのだろうが、色々と気分が塞いでいる彼女にはそんな気力すらないのかもしれない。

「確かに、転倒するほどの眩暈に悩まされているようには見えないな」

遠巻きに栄嬪の動きを見つめ、夕宵はぽつりとつぶやいた。

つまり夕宵も、栄嬪の仮病を疑っているのだろうか。だとしたら目的はなんであろうと彼は考えているのか。先程翠珠が考えたように、呂貴妃を嵌めるためとは考えるのだろうか。

「やっぱり、仮病なのかな？」

独り言のようにこぼれた翠珠の疑問に、夕宵は敏感に反応した。

彼は腕を組んだままじっと翠珠を見下ろし、やがておもむろに言った。

「医者から見ると、そうなのか？」

最初に会ったときのように、心を見透かそうとするような鋭い目。けれどあのときに比べれば夕宵の人となりを知っているから、翠珠にもいくらか余裕がある。

「いえ。他に理由が探せない、消去法です」

肩を落とした翠珠に、夕宵はふっと声を出して笑った。

「これといった確証がないかぎり、どうしたって消去法になる。それは刑事事件だって同じことだ」

どうやら共感はしてくれているようだ。

なんとなくほっとしていると、夕宵は口調をあらためた。

「だが故意に転倒をするというのは、普通の人間にはかなり難しいぞ」

「私も、妊婦がそんな剣呑（けんのん）な真似をするなどと信じがたいです」

「そうじゃない」

きょとんとする翠珠に、夕宵は指示した。

「両腕を組んでみろ」

言われるがままに腕を組んだ翠珠に夕宵は「じゃあ、そのまま倒れられるか？」と言った。翠珠はぎょっとして足元を見下ろす。硬い化粧石を敷き詰めた地面に叩きつけられることを想像してぞっとなった。

確かに、これは無理だ。なんの緩衝もない状況で意図的に倒れるなど、まともな状態でできることではない。泥酔か寝惚けたか――あるいはその精神状態も含めて、なんらかの異常が生じていた可能性が高い。

「無理ですね」

潔く翠珠は認めた。

「栄嬪が、本人が知らぬうちに酒を飲まされていた可能性はないか？」

「そこまで酩酊していたら、他覚的に分かります。酒精がすぐに抜ける体質であったとしても、私達は倒れて四半刻内には駆けつけておりますから。意識を朦朧とさせる成分の薬でも同じことです」

「……だな」

自説が苦しいという自覚はあったのか、夕宵は気まずげな面持ちでこめかみのあたりをぽりぽりとかいた。

芙蓉殿から杏花舎まで連絡が来て、そこから向かうことを考えてもせいぜいその程度だ。天候が悪いとか、運悪く杏花舎に誰もいないなどの悪条件があれば、もう少しかかるかもしれないが。

(結局、本当に倒れた直後の状態って診れていないのよね)

一度それらしい現場に遭遇はしたが、あれは座った状態だったので転倒には至らなかった。下婢(かひ)に杖刑(じょうけい)を加えていた日である。あのときはよほど具合が悪かったとみえて、女官達の声掛けに返事もせずにしばらく寝椅子に突っ伏していた。

(あれ?)

とつぜん脳裡(のうり)に、気泡のような違和感が生じた。

なんだろう? なにかを取り零(こぼ)している気がする。その感覚だけはあるのに、具体的に思いだせない、もどかしさばかりが頭に広がってゆく。翠珠はひどく焦った。

「なんて無礼な人なの!」

凪(な)いだ水面(みなも)を震わせるような金切り声が響いた。

思考を強制的に中断され、翠珠と夕宵は声がしたほうを見る。栄嬪達がいる休憩所に、いつのまにかもう一人別の婦人が立っていた。いや。婦人と呼ぶには幼い、まだ少女であった。

「安倫公主様?」

距離があるので顔の確定はできないが、声はしっかり覚えている。そもそも栄嬪を怒鳴りつける女など数が知れている。

「それはこちらの台詞(せりふ)よ」

負けじと栄嬪が言い返した。公主と嬪のどちらが上位にあるのか、翠珠はよく分からである。

ない。しかし皇后所生の正嫡というのならともかく、安倫公主の立場はあくまでも庶子

「公主はなにかと言えば私に突っかかっていらっしゃいますが、そのお歳ではあまりに大人げないと陛下もお嘆きでしたわ。もう少し大人になられたらいかが？」

「あなたこそ立場を弁えなさい！　お母さまは妃よ。たかだか嬪のあなたとは立場がちがうのよ」

「なにを偉そうに。皇后というのならともかく、あなたの母親だって、側室であることに変わりはないでしょう。ならばあなたとて同じようなもの。嫡子だと胸を張れるのは皇太子様だけよ！」

「……面倒な事になりそうだな」

夕宵が顔をしかめた。聞くに堪えない言い争いに、給仕のときは間近にいた栄嬪と河嬪の女官は後退りをしている。これが別の嬪であれば加勢もしようが、相手は皇帝鍾愛の皇女である。

安倫公主付きの女官も同じだった。相手は気性の激しさと底意地の悪さで有名な寵妃である。しかも権門の出身だ。下手に勘気に触れては、あとでなにをされるか分からない。そんな事情から女官の全員が回廊まで下がり、主人達の言い争いの様子をうかがっている。

こうなると気の毒なのは、この場に居合わせた河嬪である。

繍墩に腰を据えたまま、栄嬪と安倫公主の争いを眺めている。その表情はここからで
は分からない。眉をひそめていたとしても、現状の彼女の体調を考えれば、とうてい止
めに入る気力はないだろう。
「よくもっ！」
憎々し気な声が、もはやどちらのものなのかも分からなかった。ただ安倫公主が摑み
かかろうとしたのと、栄嬪が立ち上がったのは同時だった。危ないと翠珠が思った直後、
二人の身体がもつれあったように見えた。
次の瞬間、安倫公主が柵を越えて池に落ちた。盛大に上がった水飛沫と同時に、女官
達の悲鳴が響く。
「公主様！」
「誰か！」
「はやく、太監を呼んできて」
呆気に取られる翠珠の目の端を、人影がかすめていった。気がついたら夕宵が回廊を
走っていた。ものすごい速度だった。一拍置いてから翠珠も後を追うが、みるみるうち
に引き離されていく。
先ほどまで回廊のほうに引っ込んでいた女官達は全員が、柵の前で騒ぎたてている。
絶景を邪魔しないようにと、柵の高さは膝のあたりまでしかなく安全面では役目をなし
ていなかった。

安倫公主が、まるで水鳥のように水面をかき乱す。鮮やかな黄色の大袖が巨大な花びらにように広がっている。これが水を吸うので思うように身体を動かせない。

「誰か、なにか摑むものを！」

喚く女官達を押しのけ、夕宵が柵を乗り越えた。いつのまにか袍を脱ぎ捨てている。御史台官として冷静な彼は、闇雲に飛び込むような迂闊な真似はしなかった。用心深い足取りで夕宵が入った池の水深は、彼の胸のあたりまであった。これは安倫公主では溺れかねなかった。

歩み寄った夕宵は、落ちついた所作で安倫公主を抱き寄せた。手足をばたばたと動かしていた安倫公主は、ひしっと夕宵にしがみついた。

「落ちついてください。もう大丈夫です」

翠珠が休憩所に到着したのは、安倫公主を抱えた夕宵が池から上がってきたときだった。柵の付近には女官達が人だかりを作っている。

「ああ、よかった」

「公主様、早くこちらに」

女官達の間で、翠珠は夕宵にしがみつく安倫公主の状態を観察した。

意識ははっきりしているし、水も飲んでいないようだ。ならばまずすることは濡れた服を着替えることである。

「輿を呼んでください。ここで御着替えをしていただくわけには参りませんから」

安倫公主付きの女官に言うと、彼女ははっとした顔でうなずく。

ふと見ると、柵の手前に惚けた表情で座りこむ栄嬪がいた。なにが起きているのか分かっていないのか、池のほうを見てもいない。虚ろな眼差しを空にむけている。

「栄嬪様」

傍らまで行き、翠珠は膝を折った。

「大丈夫ですか？　お腹が張るようなことは――」

「その女が、私を突き落としたのよ！」

背後から響いた叫びに、ぎょっとして振り返る。

夕宵の腕から下りた安倫公主が、栄嬪を指さしていた。その指先からも水滴がしたたり落ちて濡れ鼠である。

「なっ、そんなこと――」

すかさず言い返した栄嬪だったが、その反論は急に尻すぼみになった。

彼女は地面に手をつき、ゆっくりと首を横に振った。そうやって少ししてからのろのろと顔を上げ、周りを囲む女官達に目をむける。

「ねえ、なにが起きたの？」

なにを言っているのかと思った。

栄嬪が眩暈を起こして倒れかかり、その結果として安倫公主が突き飛ばされた。それは起こりうるだろう。けれど〝なにが起きたの？〟とは妙な言い分だ。

翠珠は首を傾げる。

先程気泡のように生じた小さな違和感が、ぽこっと音をたててまた大きくなる。

栄嬪と河嬪の女官は、それぞれ申し訳なさそうに口ごもった。

「……私達は回廊のほうに控えていましたので」

「申し訳ありません。栄嬪様のお背中しか見えませんでした」

河嬪はともかく栄嬪の女官がかばわぬことを言ったのは、高慢な主人に反逆してではないと思う。ここでその場しのぎに『見た』と述べたところで、位置的に厳しいことはあきらかだ。よりによって御史台官の夕宵がいる前で、そんな虚言はしないほうが賢明だ。

「この女が突き飛ばしてきたのよ」

ここぞとばかりに安倫公主はがなりたてる。こうなると先ほどはしおらしかった栄嬪も負けてはいない。

「そんなことはしていないわっ！　もみあったはずみでぶつかったことはありうるけれど、だとしたらおたがいの責任でしょう」

地面に座り込んだ栄嬪は顔を上げ、安倫公主は仁王立ちをして見下ろしている。

二人はぎりぎりとたがいをにらみあう。栄嬪も必死だろう。もしも安倫公主の言うとおり、転落が栄嬪の故意の結果であるのなら厳罰は避けられない。

「落ちついてください」

ついに夕宵が止めに入った。安倫公主とちがって頭は無事だが、身体はずぶ濡れである。この季節だから平然としているが、二人とも早く着替えないと風邪をひきそうで気になる。

「公主様も栄嬪様も興奮しておいでしたので、そのときの状況がよくお分かりではないでしょう」

一理あることを述べたあと、夕宵は河嬪に目をむけた。

ここにきて翠珠は、はじめて河嬪の姿を間近で見た。

遠目の印象と同じで、薫り高い白百合を思わせる嫋々たる美女であった。青磁色の大袖衫には、紫と白の糸で星屑のように散らした木犀の花が織り出してある。白い小さな手が持つ絹団扇には、青と水色の紫陽花の花が縫いとってあった。

繡墩に腰掛けたまま、身動きをした気配はない。左手を卓上に添え、困惑したふうに一連の騒ぎを見守っている。

その場にいる全員の視線が、河嬪に集まった。

「そうよ、あなたなら見たでしょう」

すがりつかんばかりに栄嬪が訊く。確かに、この中では河嬪が一番彼女達の間近にいた。

河嬪はうっすらと唇を開いたまま、栄嬪を見ていた。

やがて彼女は忙しなく瞬きを繰り返し、なにを思ったのか上半身を逸らすように大きく首を動かして夕宵のほうを見た。美しい黒瑪瑙のような眸は虚ろで、どことなく焦点があわぬように見えた。

「いかがですか、河嬪様」

夕宵の問いに河嬪は静かにかぶりを振った。微風に吹かれ、ふわふわと舞い散る花びらを思わせる頼りなげな所作だった。

河嬪は、酒で少し湿った唇をゆっくりと動かした。

「私は、なにも見ておりません」


翌日。芙蓉殿の主・栄嬪に、安倫公主殺害未遂の疑惑により、無期限の禁足が申しつけられた。


今回、栄嬪に科せられた無期限の禁足は、あくまでも暫定措置だった。

つまり真相の次第によっては、さらなる厳罰が科せられる可能性もあるのだ。

柳池苑での騒動は、安倫公主の言動にも問題はあったから、そのままであれば喧嘩両成敗で済ませられたかもしれなかった。

しかし不運なことに安倫公主がその夜から熱を出し、一時期意識不明の重態となりかけたことで皇帝の逆鱗に触れてしまったのだ。

「寵妃といってもお立場は、陛下の匙加減ひとつよね」

杏花舎の詰所で一人の女子医官が言った言葉に、その場に居合わせた医官達はいっせいにうなずく。

「男っていうのは臨界点を超えると、それまでは可愛いと思っていた我儘が急に許せなくなるからな」

「へえ、そんなものなのね」

「そうそう。だからいくら惚れられているという自負があっても、あまり調子に乗らないように気をつけろよ」

「その台詞、そのまま男に返すわよ。いざとなったら本当にあっさりと未練を断ち切れるのは女のほうだからね」

などと軽口を叩きあっている男女の中士は、同級生だと聞いている。医学校は男女別だが、研修で一緒になるので同期の絆はわりと強い。

「それで結局、栄嬪様の処分はどうなるのですか？」

別の医官が尋ねた。同じく中士だが、学年は彼らより一つ二つ下と聞いている。

「それは捜査の進展を見ないと分からないわ。なにしろ栄嬪様は、自分は断じて故意に押すような真似はしていないと言い張っておられるからね」

「でも彼女の眩暈は、転倒するほどのものではないのでしょう」

ねえ、と同意を求められるまで、翠珠は自分に訊かれているとは思わなかった。眺めていた診療録から顔を上げると、曖昧に首を傾げる。

「どうでしょうか……」

「内廷では、この為にいままで仮病を使っていたのではともっぱらの評判よ」

「それでなくとも、栄嬪様は敵が多いからな」

高慢かつ横暴なふるまいで、栄嬪は妃嬪・侍妾だけではなく、内廷中の女官、太監、それ以下の下婢達からも嫌われまくっている。

そんな栄嬪だから、あの優しい河嬪もかばわなかったにちがいない。私はなにも見ていないと河嬪は言ったが、あの位置でそれはあり得ない。しかし彼女はちょうど栄嬪の身体が陰になって見えなかったと言い張ったのだ。いまとなってはそれも栄嬪に対する報復であろうと噂されている。

流産の悲劇にあった河嬪にとって、妊娠中の栄嬪はただでさえ悲しみを増幅させる存在だ。しかも事件の直前、栄嬪は悪阻の辛さを河嬪に愚痴っていた。憎悪を抱かれても不思議ではない。

まったく奇妙な物語が仕立て上げられたものだ。

(だってそれって、矛盾しているでしょ)

見ていないという河嬪の証言が報復ならば、逆に栄嬪は安倫公主を突き飛ばしていないことになる。

突き飛ばすところを見たのなら、正直に『見た』と言えばよい。だがそれを証言するのが嫌だったから『見ていない』と言った。

報復であれば、そういうことになる。

その理屈で言えば、栄嬪は安倫公主を突き飛ばしていない。結局のところ面白おかしく噂をするだけの人間は、そのあたりの矛盾などどうでも良いのだ。

だからといって、栄嬪に疑念がないわけではない。

彼女の眩暈が、それ単独で転倒するほど重症ではないという診断は変わらない。これまでの転倒も、足を滑らせる、あるいはたまたま膝の力が抜けるなどの二次的要素が加わってのものだった。それは間近にいた女官達が証明している。

しかし今回はそれがない。だからこそ仮病だと言われているのだ。

病を装うことで不慮の事態を偽り、そりのあわない安倫公主を転落させたにちがいない。故意に突き落としたりなどしていないと訴える栄嬪に対して、人々はそう噂をしている。

「李少士、いる？」

扉から顔をのぞかせたのは紫霞だった。

柳池苑での騒動のさなかには、紫霞に知らせる余裕もなかった。そのことをあとから詫びると、その状況ではしかたがないと納得してくれた。そもそも自分が行けなかったのが悪かったのだと、やや自嘲気味に付け足した。そんなことを言ったら医者は病気にもなれないと反論したかったが、仕事熱心な紫霞に言ってもあまり励ましにならない気がして止めた。

「はい」

「お客様よ」

紫霞の手招きに従って回廊に出ると、そこには夕宵がいた。

「君に相談がある」

たじろぐほど率直な物言いだったが、だいたい要件の見当はついた。

「柳池苑でのことを、もう一度思い出してみて欲しい。医学的に、栄嬪に不審なところはなかったか？」

「やはり、その件ですか」

「医学的な要素が証明されなければ、栄嬪が病を装い、故意に安倫公主を突き落としたということになってしまう」

単なる噂話だと思っていたが、もはやそんなことになっているのか。

確かに仮とはいえ皇帝が処断したのだから、このまま曖昧に終わらせるわけにはいかない。なんとしても真相を突き止めなければと御史台も焦る。

このような場合、なにかと圭角の多い栄嬪は疑念をむけられやすい。傲岸、横暴にふるまう彼女であれば、それぐらいはやるだろうと皆が納得する。

「私は納得できない」

凛と響く夕宵の声に、翠珠は胸をつかれた。彼の声は、まるで泥水の中に咲く白蓮のように清廉だった。

「前にも言ったとおり、仮病での転倒というのはあまりにも至難の業だ。よほどの理由と覚悟がなければできることではない。私には栄嬪がそこまでのものを持った婦人だとは思えない」

言い得て妙だ。栄嬪は確かに気が強いが、それは蜜蜂のようにわが身を犠牲にしてまでなにかを成し遂げようとする強さではない。ただひたすら己の驕慢の為に相手に牙を剝くだけである。その彼女が妊娠中のわが身を危険にさらし、かつ恐怖を乗り越えてまで転倒を自作自演するか——否である。

「けれど医学的に彼女の症状は、転倒を及ぼすほどのものではありません」

紫霞が口を挟んだ。その物言いは恬淡としていた。栄嬪に対する個人的感情や、管轄外の御史台官に自分達の診断を疑われたことに対する不快な感情は微塵たりともうかがえなかった。

「ですが晏中士。あなたは栄嬪が倒れたときにそばにはいなかった」

夕宵の反論に、紫霞の表情が少し硬くなる。

状況的にしかたがないこととはいえ、三回の転倒のうち二回は駆けつけたが直後ではなかった。三回目にいたっては随分と間があいた。

しかし翠珠は、三回目のときはそばにいた。

「そうですね」

紫霞は形の良い顎を引いた。彼女は怜悧な光を湛えた眸を、翠珠にむけた。

「なにか思い当たる節はない？」

「――その」

翠珠は口ごもった。

思い当たる節というより、ずっとなにかが引っかかっている。

柳池苑での騒動のさいに生じた気泡のような疑問は、ずっと消えていない。それどころかぽこぽこと、まるで水底に沈んだ骸のように泡を吐きつづけている。

「違和感はずっとあるのです」

正直に翠珠は言った。

「『ずっと？』」

夕宵と紫霞が口を揃えて問う。翠珠はうなずいた。

そう、ずっとだ。栄嬪に話を聞いたときから、なにか引っかかりつづけていた。

最初の転倒にかんして、直後のことは覚えていないと栄嬪は言った。それに疑問を呈した夕宵に、翠珠は身体への衝撃が強い場合には起こりうることだと説明した。

そして直近の転倒にかんして栄嬪は、なにが起きたの？　とまたも記憶がないような発言をした。しかしあのときは、それほど衝撃があったようには見えなかった。安倫公主が緩衝材になっていたからだと思う。

（それなのに、覚えていない？）

ぽこぽこと、立てつづけに生じた気泡が瞬く間に脳裡を埋めてゆく。そうして限界まで増えた泡が、ついにはじけ飛んだ。

「あっ！」

声をあげた翠珠に、夕宵がつめよる。

「なにか思いだしたのか？」

「思いだしたのではなく、思いつきました」

怪訝な顔をする夕宵をよそに、翠珠は紫霞を見た。この可能性の有無を判断できるのは御史台官の夕宵ではなく、医師の紫霞である。

「栄嬪様は、なにか別に病を患っておいでなの？」

あたかも翠珠の思惑を読み取ったように、紫霞が尋ねた。

翠珠は大きく首肯した。

芙蓉殿を訪ねたとき、栄嬪は寝室で伏せっていた。

ここ数日は食事も喉を通らない状態で、消沈著しいという。そのくせ暴言は治まることなく、呂貴妃や安倫公主にはもちろん、特に河嬪に対しての非難はすさまじいということだった。

「でしょうね」

紫霞は言った。

「そもそも河嬪様が証言してくだされば、こんなことにならなかったとお考えでしょうし」

「見えなかったのだからしかたがありません。虚言を言ってかばうほどの関係ではなかったということです」

夕宵の言い分はもっともだった。

たとえ見えていなかったとしても、もともとの関係が良ければ、あるいはそんなことをするような人間ではないという確信があれば、嘘をついてでも「していない」と証言をしてかばったかもしれない。

河嬪にとって栄嬪は、そういう相手ではなかった。

だから「見ていない」と正直に言った。

「誠意があるほうだ。もしも河嬪が『突き飛ばした』と証言していれば、栄嬪の立場は今以上に厳しくなっていた」

夕宵は言った。それが虚偽であったとしても、人々が河嬪と栄嬪のどちらを信じるかは火を見るより明らかだった。なるほど、善人が悪人を罠に嵌めるのは、あんがい簡単なことかもしれないと翠珠は思った。

女官の案内で、三人は寝室に入る。

「栄嬪様、鄭御史が参りました」

「私はなにもしていないと言っているでしょう」

天蓋（てんがい）のむこうから、腹立たし気な栄嬪の声が聞こえた。いつもに比べると、さすがに覇気がない。とうぜんだ。進退の瀬戸際にあるのだから。

夕宵の目配せで、翠珠と紫霞は寝台の傍まで近づいた。天蓋のむこうには布団をかぶった丸い影が浮かび上がっている。

「栄嬪様、晏中士です」

布団の中で栄嬪の身体がわずかに揺らいだ。

「どうぞ、そのまま起き上がらずにお聞きください。場合によっては、あなた様の病を証明できるかもしれません――駄目です、じっとしていてください！」

性懲りもなく起き上がろうとした栄嬪を、紫霞は厳しい口調で叱責（しっせき）した。普段であれば栄嬪も黙っていないだろうが、紫霞の「ここで動かれては、元の木阿弥（もくあみ）になります」という一言で身じろぎひとつしなくなった。

栄嬪がおとなしくなったのを確認してから、まずは紫霞が先に天蓋の中に入る。

布団越しに栄嬪になにやら話したあと、外で待つ翠珠と夕宵に入ってくるように言った。

二人はのろのろと中に入った。特に男の夕宵は、婦人の寝所に入るという行為に戸惑いがあるようだ。栄嬪はもっと嫌だろうが、この切迫した状況でそんなことも言っていられない。

栄嬪は布団から顔だけは出していた。天蓋で光を遮られた寝所に、化粧気のない白い面が浮き上がっている。不審げに寄せた眉根から、不安といらつきによる神経の高ぶりがはっきりと伝わってくる。

「御脈をよろしいですか」

翠珠の求めに、栄嬪は素直に応じて手首を突き出した。

翠珠はその手を取り、脈を測る。そうして目配せをすると、紫霞と夕宵はそれぞれにうなずいた。

「栄嬪様、いま起き上がっていただけますか。できるだけ速い動作で」

驚く栄嬪より先に、女官が声をあげた。

「そんなことをすれば、眩暈を起こして倒れてしまうかもしれぬではありませぬか」

「かまいません。ここは柔らかい布団の上です」

ぴしゃりと紫霞は言った。

そうだ。眩暈を起こしても危なくないように。いや、眩暈ではない。本人も周りも眩暈だと思っているそれを、意図的に起こすことが目的なのだ。

「もし私共の推察が正しければ、栄嬪様の仮病の疑念は晴らすことができます。そのために証人として鄭御史に同行いただきました」

紫霞の説明に、栄嬪は横たわったまま視線を夕宵にと動かした。翠珠はその様子を診た。この段階でこれといった変化は見当たらない。重症化した眩暈の患者は、寝ていても眼振（眼球の揺れ。必ずしも病的なものではない）を見ることが多い。

しかしいまの栄嬪に、その所見は見られなかった。

釈然としない顔の栄嬪に、今度は翠珠が話しかけた。

「栄嬪様にかけられた仮病の疑惑には疑念があるとして、鄭御史のほうから私達に相談を持ち掛けられたのです」

栄嬪の眸に驚きの色が浮かんだ。過去の夕宵に対する自分の言動を覚えているのなら、まさかそんな行動をとるとは夢にも考えていなかったのだろう。物事を保身や損得でしか考えぬ人間はそうなる。

しかし夕宵はちがう。

彼は御史台官で、その役割は犯罪の真相を明らかにすること。そこに老若男女、貧富の差はもちろん、個人的な好悪の念も問わない。

「――分かったわ」

しぶしぶ栄嬪は承諾した。

「では、起きてください」

紫霞の指示に栄嬪は上半身を起こした。

なんのぎこちなさもない動き――と誰もが思った次の瞬間だった。

それまでなんともなかった栄嬪の眸が、とつぜん焦点を失った。半眼のまま寝台に倒れそうになる彼女の身体を、紫霞が長い腕で支えた。片手で軽々と支えるさまは、まるで凛々しい女剣士のようだった。

「栄嬪様！」

女官が呼び掛けるが、栄嬪は反応しなかった。半眼のまま紫霞の腕の中でぐったりしている。翠珠は素早く脈を測る。横たわっていたときとは比べものにならぬほど速くなっている。

「数脈（この場合、頻脈の状態）です」

「やっぱり……」

紫霞は唸った。

夕宵は寝台の縁に立ち、栄嬪の顔を見下ろしている。彼女の目は半眼になったままだった。眩暈が生じているだけなら、こうはならない。

「鄭御史」

確認するような翠珠の呼びかけに、夕宵は首肯した。

そうなっていたのは、ほんのわずかな間だった。数えて百に満たぬ頃、栄嬪はぱっちりと目を開けた。

紫霞に支えられている状態に、忌々し気につぶやく。

「また眩暈が……」

「眩暈ではありません」

思わず声をあげた翠珠に、栄嬪は反論した。

「だって、また倒れたじゃない！」

もう元に戻っている。そういう意味では重症ではないのだろう。だからこそ皆気づかなかったのだ。

「確かに倒れました。けれど、それは眩暈のせいではありません」

「……な、なにを言っているのよ？」

栄嬪は意味の分からぬ顔をし、訴えるように紫霞を見る。しかし紫霞は無言で、翠珠に語ることを促した。教え子の増長と受け取られかねない行為も、この麗人医官はまったく気にしていないようだった。

本人にさえ自覚がないほどの短時間。しかも転倒も加わったので、周りも混乱してしまっていた。眩暈によって転倒した栄嬪が、その衝撃でしばし意識を失っていたのだと。しかしその眩暈の信憑性(しんぴょうせい)が疑われていたので、特に今回はいらぬ疑いを招いてしまった。

翠珠は、紫霞の腕に支えられる栄嬪をじっと見つめた。

長い睫毛(まつげ)の奥に光る眸(ひとみ)には、不安と苛立(いらだ)ち、焦燥が色濃くにじんでいた。

「栄嬪様。あなた様は転倒をして意識を失ったわけではなく、意識を失ったから転倒していたのです」

栄嬪には眩暈とは別に極めて短時間の意識消失発作があり、それは急に起き上がることで誘発される――この症状が判明したことで、安倫公主への行為が加害ではなく不慮であることが証明された。

翌日、夕宵が詳細を訊くため杏花舎を訪ねてきた。

他に人がおらぬことを幸いに、詰所に招き入れて話をした。

「気血水の中でも特に気の調節がうまくいかなくなると、血水の循環も滞ります。加えて栄嬪様は妊娠中で水滞の状態にもありましたので、なおさら悪化したのだと思います」

翠珠の説明を理解しようと、夕宵は必死に食らいついている。目の前の茶にも手をつける気配はない。

「それが、なぜ失神とつながるのだ？」

「血水は、本来であれば身体の動きに左右されずに全身をくまなく循環します。立ち上がろうと走ろうと、それこそ逆立ちをしても問題はありません。しかしなんらかの病変によりその調節能力が損なわれると、急に立ち上がったときなどに身体の上方、すなわち脳に血を送りこめず、一時的に虚血状態になります。それが眩暈や気分不良の症状となって現れますし、ひどければ失神を起こすこともあるのです」

数脈になったのは、不足した血を脳に送るための生体反応である。

まあまあ長い説明に、夕宵が時折首を傾げることもあった。しかし反応を見るかぎり、大まかには理解しているようだった。それで翠珠は気分をよくし、さらに話をつづけた。

「眩暈の原因としては他に、内耳、つまり耳の奥にある器官が影響することがあります。もっとも今回の栄嬪様には関係がない――」

「ならば、もうよい」

げんなりした顔で、夕宵は翠珠の話を遮った。医術の話は門外の者にそれでなくとも難解で、ここまで理解するのも大変だっただろう。このうえさらに関係ないことまで聞かされるのは、さすがにごめんというわけだ。

不満げな顔をする翠珠を無視して、夕宵は話題を芍薬殿にと振りかえた。

のちに安倫公主に聞き取ると、彼女も栄嬪が故意に自分を突き飛ばすのを見たわけではなかったのだという。もみあう直前に倒れてきた（このときはすでに意識消失していた）栄嬪を避けきれずに、池に落ちたというのが実情らしい。

栄嬪の病状にかんしての説明を聞いたあとも、安倫公主は最初は納得せずにとやかく言っていたそうだ。彼女からすれば毛嫌いしている相手から加害を受けたのだ。故意ではなかったからといって許せるものでもあるまい。

しかし一緒に話を聞いていた呂貴妃が「病であればしかたがない」と娘をなだめたということだった。

「呂貴妃様らしいですね」

しみじみと翠珠は言った。

「だいぶ甘く言っていたけどな」

苦笑交じりに夕宵は答えた。言葉だけ聞けば呆れているかのようだが、その口調には温かみがあった。呂貴妃の筋の通った性格は、夕宵のような人間にこそ理解しやすいのかもしれない。

「良かったです。事件ではなくて」

「これで解決していないのは、梨花殿の牡丹皮だけだな」

夕宵のぼやきに、翠珠は眉を寄せる。

梨花殿は河嬪の住まいである。柳池苑での花見ではじめて目にした河嬪に対する疑念がしこりのように残っている。

――あの位置で、見ていないということがあるの？

あるいは皆が噂をしていたように、本当に栄嬪に対する恨みや嫌悪から、虚偽を述べたのだろうか。だとしたら突き落としたと言わなかっただけ、むしろ良心を感じるところかもしれない。被害者が栄嬪だから、そんなひどいことを思ってしまう。

ともあれ、栄嬪への疑いは晴れた。河嬪の本心がなんであれ、これ以上は医師がかかわることではない。なにか起きたとしても、あとはそれこそ御史台に任せるべき事案である。

「ごちそうさま」

そう言って茶杯を戻そうとした夕宵の手が止まった。彼は視線を回廊のほうにと動かした。翠珠の耳が回廊からの足音と人々のざわめきをとらえたのは、まちがいなくそのあとだった。

（さすが、御史台官）

鋭敏さに感心をしていた翠珠だったが、その呑気な感覚は回廊から聞こえてきた男性医官の言葉で瞬く間に粉砕された。

「大変だ！　倉庫から牡丹皮が無くなっている！」

第四話　女子医官、天命を知る

栄嬪の騒動が治まってから数日後。

翠珠は夕宵とともに、呂貴妃の招待で芍薬殿を訪ねることになった。

内城の官衙(かんが)から杏花舎に足を運んだ夕宵と合流して、東六殿への宮道を歩く。

栄嬪の件での功労をねぎらいたいというのが招待の理由だが、はじめのうち夕宵は参加を渋っていたらしい。生真面目な彼には単に責務を果たしただけという感覚だっただろうし、なにより後宮そのものがけして行きたい場所ではないのだという。

そう言われてみれば沈大夫の邸(やしき)でもそんな空気を匂わせていたが、正直意外ではあった。

「殿方はみな後宮に興味津々だと思っていました」

「――そんなわけあるまい」

夕宵は苦虫を嚙(か)みつぶしたような顔で答えた。

「気を使うばかりで疲れるだけだ。それに、いちいち太監や女官に取次ぎを頼むのも面倒だ。だいたい後宮の女人は、下婢(かひ)に至るまで陛下の所有だ。迂闊(うかつ)に興味など持てば、こちらの首が飛ぶ」

「え、でも対食の関係にある方々は大勢いる——」

言い終わらないうちに、がばっと口を塞がれた。目を白黒させる翠珠に、夕宵は耳元でささやく。

「そういうことを、あまり大きな声で言うな」

「らぁめ……すか」

駄目なのですか？　と問い返したのだが、口を塞がれていたので明確な単語にはならなかった。対食とは太監と女官でなる夫婦同然の関係のことをいうのだが、先ほどの夕宵の理屈で言えば許されるものではない。しかし実際にその関係にある者達は多く、地位の高い宦官とその妻など、宮廷外に邸を構えているほどだ。

翠珠は内廷勤務となってはじめてそのことを知ったのだが、だから後宮の婦人達が全員皇帝の持ち物であるという話は作り話だと思っていた。

「表向きは禁止されている。しかし昔からの暗黙の了解というやつだ」

「ほ、ほう」

口を塞がれているので、まるで男性のような低い声の相槌になった。翠珠が納得したのを確認してから、ようやく夕宵は手を離した。ちなみに案内役の太監は少し距離を取った先を進んでいる。青色の官服を着けた太監は、芍薬殿からの使者だった。

そのあと芍薬殿に着くまでの話題は、紛失した牡丹皮の件が中心となった。

宮廷医局の倉庫に保管していた牡丹皮が、ごっそりと無くなっていた。発覚時に夕宵が居合わせていたこともあり、すぐに御史台に知られることとなったのだが、事件は公にならず捜査はひっそりと行われている。

梨花殿で見つかったときは流産との関与が疑われたので騒動となったが、牡丹皮そのものに取り立てて毒性はない。加工前の附子（トリカブトの根）や夾竹桃のような劇薬が無くなったのなら大騒ぎだが、危険というほどの生薬ではないのだ。それゆえ管理も特別慎重にはしていなかった。

しかし梨花殿の件がまだ解決していないので、牡丹皮という名称に後宮が過敏に反応するのは火を見るより明らかだった。栄嬪の件で落ちつきを取り戻したばかりなのに、それは忍びない。

御史台と杏花舎、他のもっと偉い人達が話しあった結果、牡丹皮の紛失の件は妃嬪達には報せずに、御史台と内廷警吏局の双方が連携して内密に調べることになったのだということ。

「櫃ごと無くなっていたのなら、やはり横流しされた可能性が高いだろうな」

夕宵が言った。横流しが目的なら、市井に流れて行くと考えられる。杏花舎は外廷内廷のどちらからも出入りが自由なので犯人がしぼりにくいが、今回は外廷の者の仕業だろうと目されている。

外出が制限されている内廷の女官達に、横流しの手づるがあるとは考えにくく、宮廷特有の存在である太監は、市井ではおそろしく目立つのでそんなことをすればすぐに足がつく。

女官でも太監でも、地位のある者なら人を使って売りさばくことはできる。しかしある程度の資産を持つ者達に、牡丹皮一櫃がそこまでの価値があるとは思えない。

「目測としては中級以下の官吏か、あるいは完全な下男だろう。市井で売れば相応の金額にはなる」

「だったら牡丹皮だけ盗んでゆくのって、おかしくないですか？」

「だからこそ医官達の仕業ではないと、判断できたんだ」

翠珠の指摘に、夕宵はそう反論した。どういう意味かと首を傾げていると、夕宵は説明をつづけた。

「数多(あまた)の生薬が保管されている倉庫から牡丹皮だけがすべてなくなっていれば、犯行は即座に発覚する。実際にすぐに明るみに出た。生薬の判別ができる医官の犯行ならば、色々な薬を少しずつ盗んで発覚しないように工作するだろう」

倉庫の棚に並ぶ生薬のほとんどは、名称を記した札をつけた密封性の高い櫃に収められている。発覚を免れる、あるいは遅らせるのなら、中身だけを取りだして持ち去ったほうがよい。医官であれば櫃を開けていても疑われないし、別の容器に移し替えても、それがなんの薬であるのか判別もできる。

しかし医学の知識のない者に、そんな真似はできない。名称も分からぬまま横流しをしても、相手も正規の業者ではないから買いたたかれるだけである。それゆえ犯人は早々の発覚を覚悟したうえで、名札を記した櫃ごと盗むしかなかったのだ。

「とりあえず杏花舎が疑われていないのなら、安心しました」

そうこうしているうちに芍薬殿の門前に来た。看板を見上げた夕宵は、露骨にげんなりした顔でため息をついた。気を使うばかりだと愚痴ってはいたが、そんなに憂鬱なのかと思った。確かに招待主の呂貴妃はけして人好きのする相手ではないが、個人的には芙蓉殿よりずっと好ましい。

太監の案内で正房に入る。前庁を抜けて居室に入ると、萱草色の大袖衫をまとった呂貴妃が長椅子に腰かけていた。錦の座布団を挟んだ隣には、鈴蘭を織りだした少女らしい軽やかな襖裙姿の安倫公主がいる。

ここまではいつもと変わらぬが、今日は同じ居室に高峻がいた。長椅子から少し距離を置いた、黒檀の卓で茶杯を傾けている。

「呂少卿!?」

驚きの声をあげる夕宵の顔には、割と露骨な安堵の色がにじんでいた。どうやら翠珠が思うよりずっと、ここへの訪問が憂鬱だったようだ。気の置けない先輩の存在にほっとしたといったところか。

後輩の心境を察したように、高峻はくすっと声をたてて笑った。

「私も叔母上から招待を受けてね。それに従妹を助けてもらったことの礼も言いたかった」

従妹とは安倫公主のことだ。呂貴妃と高峻の父は兄妹の関係だという。

翠珠と夕宵が腰を下ろすと、安倫公主は椅子の手すりを押すようにして身を乗り出した。

「鄭御史。柳池苑では助けてくれてありがとう」

びっくりするほどの素直で無邪気な声に、翠珠は度肝を抜かれた。これまで安倫公主とは栄嬪がらみでしか会ったことがなかったので、柊の葉のように刺々しいふるまいしか見たことがなかった。

(うわ～、こんな可愛い娘だったんだ)

もとより美少女ではあった。竜顔は存ぜぬが、呂貴妃の美貌を考えれば安倫公主の愛らしさは納得できる。

「いえ、とうぜんのことです」

「鄭御史。そなたがいなければ、公主は死んでいたかもしれぬ」

呂貴妃は言った。大袈裟ではない。あと一歩助けが遅ければ完全に溺れていたかもしれないし、そうでなかったとしても安倫公主はその夜に高熱を出したのだ。実はあの状況はかなり危険だった。

「そのようなことは……」

「栄嬪にとっても、君は恩人だよ」

高峻が告げた言葉に、なるほどと翠珠は思った。

もしも安倫公主が亡くなっていたら、栄嬪はただでは済まなかっただろう。皇族の死という事実の前には、不慮だとか意識消失発作の有無など関係ない。

「栄嬪様が一番感謝しなければならぬ相手は、私ではなく李少士です」

夕宵の言葉に、呂貴妃と高峻はちがいないと同意した。

とつぜん自分に話題をむけられ、翠珠は慌てた。呂貴妃に沈大夫。ここにきて栄嬪にまで確定診断をつけたことで、翠珠はいちやく時の人となっていた。

実はこれが、思った以上の枷となっている。

もちろん自身の才気を認めてもらったことは、光栄だと思っている。しかし翠珠はあくまでも研修医である。それを名医のように騒がれることは、本当に重荷でしかないのだ。

特に呂貴妃の診断にかんしては、事実上は紫霞の判断である。その後、沈大夫の異変に気付けたのも、あの導きがあったからだ。だが紫霞が頑なに自分の名前を出すなと言うので、結果としてすべてが翠珠一人の手柄になってしまっているのだ。

栄嬪を担当しながら堂々と呂貴妃のもとに参じられるのは翠珠だけで、他の医官ではややこしいことになりかねないという紫霞の言い分は分かるが、ここまで来たらもう良いのではないかと思う。

「それはそうと、栄嬪の具合はどうだい？」

思いついたように高峻が尋ねた。

今回の件がよほど懲りたのか、あれ以来、栄嬪は大人しくしている。あれほどひどかった癇癪、暴言、横暴も以前よりずいぶんと控えめになっていた。まったく言っていないわけではないが。

「時々思い出したように、河嬪様への文句を言っていますが」

「困った女だ」

ため息まじりに呂貴妃が言った。

「さようにさもしい根性だから、陛下から疎まれるのだ。少しは河嬪の淑やかさを見習えばよいのじゃ。あの者は昨夜、陛下のお召しを受けたぞ」

意外な証言だった。河嬪は柳池苑での渡島を断ったことで、皇帝の不興を買ったと聞いていたからだ。

「子を亡くした上に夫の情さえ失っては、河嬪があまりにも哀れだと思っていたのでよかった」

「もともと陛下の、河嬪に対するご寵愛は深くございましたから」

しみじみとした呂貴妃の言葉に、高峻が言った。

皇帝もいったんは立腹したが、河嬪の状況を鑑みて考えなおしたのだろうか。それにしても河嬪と栄嬪の双方を寵愛できるなんて、皇帝はよほど好みの女性の範囲が広いとしか思えない。翠珠が皇帝なら、栄嬪のような身勝手で残虐な婦人など絶対に寵愛しない。

「夫婦は時に相手を疎ましく思うこともあるが、情というものは、そうたやすくは切れはせぬ」

孤閨をかこっていると評判の呂貴妃が語ると自嘲にも聞こえるが、夫婦の関係は別に肉体の結びつきだけではない。皇帝は閨を共にせずとも、二人の子供の母として長く仕えている呂貴妃を尊重はしている。その実情を考えると、彼女のいまの言葉は重みがある。

「高峻、そなたもそろそろ考えて良いのではないか」

おもむろに告げられた呂貴妃の言葉に、高峻は怪訝な顔をする。

「なにをですか？」

「空々しい。分かっておろう」

言葉ほどに責めるような物言いではなかったが、高峻は気まずげに目をそらした。なんのことだか分からないでいる翠珠の横で、夕宵がやれやれとばかりに肩をすくめている。

やがて高峻はわずかに眉をひそめ、ため息交じりに言った。

「……結婚は、もうこりごりです」

「呂家の男子がなにを言うか。しかもそなたほどの男であれば、どんな女でも迎え入れられよう」

このやりとりで翠珠が一番驚いたのは、高峻が独身ということだった。年齢、身分、容姿を考えれば、妻はもちろん妾が三人くらいいても不思議ではないのに、まさか独り身だったとは。

（でも、こりごりってことは……）

単純に考えて、結婚歴はあるということだ。となると死別か、あるいは離婚か。

「世はあのような女子ばかりではない。美しく聡明で、優しく慎み深い。そなたにふさわしい、そのような女子はいくらでもいるぞ」

そんな完璧な婦人、いくらでもはいない。胸の内で翠珠は突っ込んだ。人間というものはなにかしら欠点があるものだし、そのほうが可愛げがある。もちろん高峻であれば、結婚相手にそれぐらいの婦人を求めても良いだろうが。

「――分かりました。いま抱えている案件が済んだら考えます」

あれこれと言ってくる呂貴妃を適当にかわすと、高峻は苦笑してみせた。端整な顔に浮かんだ作り物じみた微笑みに、翠珠は違和感を覚えた。

翠珠と夕宵が芍薬殿を出たのは、それから半刻程あとだった。

正房で茶と菓子をふるまってもらったあと、それぞれ冬用の毛織物と毛皮を下賜された。かさばるのであとから官舎に届けてくれるという気配りがありがたかった。いまが夏なのでぴんとこないが、毛皮は襟巻にするのにちょうどよい大きさだ。翠珠は裁縫があまり得意ではないので、仕立ては職人に頼むしかなさそうだ。

「呂少卿って、独身だったのですね」

　正門を出て少し進んだところで、思いだしたように翠珠は言った。夕宵はいったん足を止め、ああと相槌を打った。

「離婚されているよ」

「死別ではなく、そっちですか」

　翠珠は少し驚いた。世間体を気にする名家での離婚は珍しい。男は多少妻に不満があったところで、妾で解消するから離婚にまでは至らない。女側から離婚を言い出すことも、世間の習いとして滅多にない。そんな世で、圧倒的に離婚率の高い婦人が女医なのだが……。

「十年以上前の話だが、当時は呂家と元妻の実家の間で大変な騒ぎになったらしい」

「呂貴妃様のあの言いようを聞く限り、そうなのでしょうね」

　世の中はあのような女ばかりではない、などと元妻に対してものすごいことを言っていた。自分にも他人にも厳しい呂貴妃の性格を差し引いても、なかなかの言われようだ。

「なにが原因だったのですか？」

「妻が不貞を働いたらしい」

　過激な証言に、翠珠は目を剝く。

「ずいぶんと前の話だから呂少卿はもう気にしていないらしいけれど、再婚となると腰が重いと言っておられた」

「そういうことですか。けれどお立場上、独身を貫くというのも難しいのでは」

「私が言うことでもないが、元の奥方もなにが不満で呂少卿のように立派な方を裏切ったものやら」

「本当ですね」

翠珠は相槌を打った。高峻の妻というのなら、それなりの名門の娘であろうに。しかも彼の妻に選ばれるくらいだから、家柄以外も優れていたのではないか。きっと美貌に恵まれ、聡明で——。

ふっと思い浮かんだのは、紫霞にかんする噂だった。

名家に嫁いだが、数年で離婚した。その原因は彼女の不貞だったという。

高峻のはっきりとした年齢は知らないが、三十をいくつも過ぎていないだろう。紫霞は三十一歳だと言っていた。夫婦としてはちょうどよい年回りである。十年以上前に二人が結婚をし、しかし紫霞の不貞により別れたのだとしたら——医局内にひそやかに流れる噂といま聞いた話の辻褄があう。

なにより紫霞は、呂貴妃には自分の話題を避けるように頑なに命じた。それは栄嬪の担当医だからと言っていたが、もしも三人の間にそんな過去があったとしたら、おめおめと顔を出せるものでもない。

「李少士、どうした？」

とつぜん黙り込んだ翠珠に、怪訝そうに夕宵が問う。

「あ、急な話だったので驚いてしまって」

「だよな」

夕宵に疑った様子はなかった。

杏花舎の近くで夕宵と別れ、翠珠は宮道を進んだ。

高峻の離婚の話を聞いたとき、元妻の姓を訊(き)いてみようかと思った。しかし無駄な費えだとすぐに思い直す。夕宵は紫霞の顔も名前も知っている。けれど彼女に接したとき、彼にこれといった反応はなかった。翠珠の上司として、高峻に紫霞の存在を説明したときも平然としていた。

やはり偶然の一致だ。そもそもそんな過去を持つ者であれば、宮廷勤めは避けるだろう。

（……晏中士だったら分からないかも）

気嵩(きがさ)な彼女であれば、離別した夫の親族に慮(おもんぱか)ることなどないやもしれぬ。柳池苑での花見に参加を促されたときも、気乗りしないながらも了承した。体調不良にて結局は不参加となったけれど。

翠珠はこめかみをぎゅっと押さえた。

仕事さえきちんとこなしていれば、個人の過去や素行には干渉しない。訳有りの過去を持つ者が多い女医の世界での暗黙の決まりだった。

できることなら翠珠も干渉したくはない。余計なことを詮索して紫霞を不快にさせたくない。

だが万一の場合、話を合わせられるように確認をしていたほうがよい。そうでなければそれでよいのだ。そのときは、失礼なことを訊いたと謝罪するだけだ。

腹をくくると、翠珠は杏花舎への門をくぐった。

拍子抜けするほどあっさり、紫霞は自分と高峻が夫婦だったことを認めた。

話の内容から、昼は無人となる仮眠室に誘った。塗装のない簡易寝台に横並びに腰を掛け、翠珠は芍薬殿で聞いた話を告げた。

「晏中士が、呂貴妃様と呂少卿様に、宮廷医局への在籍を隠しておきたいとお考えならば、私も発言に気をつけなければなりませんので」

「そうね。それは私が悪かったわ」

翠珠が言葉の端々に含ませた非難の気配を、紫霞は敏感に感じ取ったようだ。珍しく申し訳なさそうな声音で、しかし相変わらず寒牡丹のように冷ややかな表情のまま詫びた。

「研修期間の間だけだから、言わなくても良いかなと思ったの」

そう言われると納得はできる。この人事に呂貴妃がかかわっているとしっていたのなら、紫霞は指導医を引き受けなかっただろう。しかし向次長でさえ知らなかったのだから、紫霞が知る由もないのだった。

「それに私が離婚したことは、どうせ噂で知っていたでしょう」

どう返事をしてよいか分からなかったが、返答に詰まること自体が肯定である。困惑顔の翠珠を一瞥し、紫霞はつづけた。

「私はいま養家先の姓を使っているから、東六殿に行かないかぎり大丈夫だと思っていたのよ」

「養家？」

「不貞で離縁された娘が、実家にいられるわけがないでしょう。唯一連絡を取っていた母が亡くなってからは文一つやりとりしていないわ」

とうぜんのように言われても、翠珠にはぴんとこない。いかんせん周りにそんな理由で離婚をした人がいない。しかし実の親子が縁切りとは、名家にとっての離婚は翠珠が思っている以上に体裁の悪いものらしい。

「離婚を切っ掛けに、医師を志されたのですか？」

「そうではないわ」

間髪を容れずに紫霞は否定した。

「私はずっと、医師になりたかった」

翠珠は息を呑んだ。内容ではなく、その毅然とした物言いに気圧されたのだ。そう言った紫霞の面には、これまでをさらに上回る強い意志が湛えられていた。

「自分でもどうしてかは分からない。物心ついたときからずっとそう思っていた。だから一応親には言ったのよ。女子太医学校に行きたいと。戯言を言うなとその場で叱られたけどね。そのときは呂家との婚姻が整っていたからとうぜんよね。でも、結局はこうなった」

過ぎたことだとばかりにさらりと紫霞は語るが、翠珠の胸は複雑な罪悪感でしぼられた。翠珠にとってあたり前の夢を追える環境は、紫霞にとって家族を失わなければ得られないものだった。

「離婚しなければ、夢はかなえられなかったからしかたがないわ」

「――医師になるために、離婚をしたのですか？」

「なにを言っているのよ。理由はあなたも知っているでしょ」

翠珠の問いを、紫霞は一笑にふした。

ちがう。言いたかったこと、訊きたかったことは、それではない。

つまり翠珠はこう思ったのだ。ひょっとして紫霞が離婚をするために、故意に不貞を働いたのではないのかと。

常識で考えれば、ありえない。けれど紫霞の医業に対する迸るような情熱は、それぐらいのことはやりかねないと翠珠に感じさせた。

「あの人には申し訳ないことをしたと、いまでも思っている。本当に非の打ちどころのない人だったのに、私のような女と結婚したばかりに――」

「もう結婚はこりごりだと仰せでした」

遠慮がちな翠珠の言葉を、紫霞は鼻で笑った。

この状況でそれを教えるのは、紫霞に対するいやみでしかない。紫霞が不貞をしようが、それは翠珠が責めることではなかった。もちろん責めるつもりはない。けれど高峻のいまの状況だけは伝えておくべきだと感じたのだ。

「世の中、私のような女ばかりじゃないのに……」

「そうですね。晏中士ほどの才色兼備の婦人は、そうそういません」

紫霞は目を円くして、真意を探るように翠珠を見つめた。やがてその目の奥に悪意がないことを察したのか、ぷっと噴き出した。

「ありがとう。褒め言葉だと受け取っておくわ」

「そのつもりですけど」

紫霞はいよいよ身をよじらせて笑い転げた。やがて紫霞は笑いをしずめ、おもむろに言った。

「あなたに言っておかなければならないことが、二つある」

「二つ？」

「残りの研修期間はそう長くないから、黙っていてもよいと思っていた。でも結果的にあなたに迷惑をかけたから、きちんと話しておくわ」

　あらたまった物言いに、翠珠は無意識のうちに肩に力を入れる。

「ひとつは、呂少卿のことよ。彼は私がここにいることを知っているわ」

「え⁉」

「彼は立場上、百官の配置を把握しているからね。だからといって、いまさらなにか言ってくるようなことはないわ。他人として距離をおいてくれている」

　翠珠は高峻に初めて会った日のことを思いだした。芍薬殿で食事をふるまってもらった日だった。指導医として紫霞の話をしたとき、そういえば微妙な反応だった。ということは、紫霞の新しい姓は認識しているのだろう。

「ただ……」

　紫霞の声音が少し重くなった。

「呂貴妃様はちがう。彼女は私が医師となったことも、ここに所属していることもご存じではない。私も報せるつもりはなかった。別に私がここにいることは法に反することでもないし、そもそも呂家の人間からは二度と顔を見せるなと言われているから、挨拶に行くというのもちがうしね。でも先日の花見のときは、いよいよ潮時かと腹をくくったのよ」

　そこで紫霞はいったん言葉を切り、しばし間を置く。形のよい口許にうっすらとした自嘲的な笑みが浮かんだ。

「でも結局、あなたに迷惑をかけた」

なんのことかと思ったが、すぐに紫霞が伏せったことを思いだした。花見の直前になって紫霞は体調不良をおこし、翠珠が彼女の代わりを務めた。

「迷惑だなんて、あんなのはしかたがないですよ」

「ううん。自分では大丈夫だと思っていたのよ」

ぽつりと紫霞は言った。翠珠は眉を寄せた。

なんとなく、やりとりがかみあわない。自分はなにか思い違いをしているのではないかと不審を覚えた。

紫霞と目があう。彼女は羨むような目で翠珠を見ていた。

以前にもこんなことがあった。病明けから復職した日だ。あのときは花見での待機を命ぜられたことを告げ、それを了解した紫霞が翠珠に言ったのだ。

――健康で、元気があっていいわね。

あのとき紫霞は、眩しいものを見るような目をしていた。

なにを年寄りのようなことをと、そのときは思った。まだ十分に若い者が、自分より若い相手に対して上から目線と自嘲をこめて言う。女性同士によくある、例の応酬だと受け止めていた。

けれど、そうでなかったのだろうか。

緊張と困惑を表情に湛え、翠珠は紫霞の答えを待つ。

紫霞は深い息を吐いた。胸の奥底にたまっていた澱を吐き出すような、そんな息遣いから彼女は言葉をつむいだ。

「もう十年以上、奔豚気とつきあっているのよ」


臓腑に器質的な病変はないのに、腹からなにかが突き上げるような衝動がとつぜんに起こり、それが動悸や息苦しさ等の発作に転じる。これがあたかも身体の中を豚が駆け巡るようだと表され、奔豚気という病名がつけられた。

気血水の気は、本来であれば下に下りてゆくのが正常な在り方だが、これが逆流したいわゆる〝気逆〟の状態と考えられている。

この発作はしばしば継続するが、大抵は短い時間内に治まる。けれど発作が繰り返されると、患者はすっかりおびえて再発への不安を抱くようになる。それがまた次の発作の誘因となりやすい。重症化すると発作へのおびえから身動きが取れなくなり、日常生活さえままならなくなる。

奔豚気というその病を、紫霞はもう十年以上患っているのだという。

「一番ひどかったのは発症して二年位までで、ここ数年は大きな発作は起きていないのよ。ちょっと調子が悪いなと感じたら早めに休むようにしているし、自分で難しいときは拓中士に相談しているの」

「拓中士にお世話になっているって、そのことだったのですか？」

予想外の展開に驚きの声をあげると、紫霞は気恥ずかしそうにうなずいた。

最初の発作は、十六歳で結婚して一年程過ぎてからだったという。とつぜん胸の苦しさを訴えた紫霞に、婚家の者はあわててかかりつけ医を呼んだ。しかし彼が着いたときには嵐のような発作はすでに鎮まり、異常はなにも発見されなかった。栄嬪の病が最初はなかなか発見されなかったことを思いだした。

そのときは疲れが溜まったのだろうとされたが、紫霞は釈然としなかった。不安は消えない熾火のようにちろちろと残りつづけた。

嫌な予感は的中した。それから紫霞は時折発作を起こした。そのたびに異常はないと言われた。最初は同情的だった婚家の者達の目が、次第に冷ややかになってゆくのを肌で感じた。

そんな中で夫である高峻だけは、紫霞を気遣った。

「本当に、非の打ちどころのない人なのよ」

家の中にいても針の筵であろうと、気分展開にと灯籠祭に誘い出した。

人混みの中で発作を起こしたらどうしようという不安はあったが、夫の厚意をむげにすることはできなかった。

不安はまたもや的中し、紫霞は人混みで発作を起こした。

それを助けてくれたのが、たまたま通りかかった拓中士だったのだ。高峻の采配で借りた近くの宿で、拓中士は丁寧な四診をした。

『お前さんはれっきとした病気だよ。奔豚気っていってな、よくある病とまでは言わんが、昔からちょいちょいと記録されている』

いまと変わらぬ飄々(ひょうひょう)とした口調で告げられた病名を、紫霞は知らなかった。けれど、気のせいだとか仮病などと言われなかったことは嬉(うれ)しかった。拓中士が記した処方を服用すると、数日で不安感が軽減した。完全になにもないという状態までにはなかなかならなかったが、信頼できる医師がいるという状況に勇気を持てるようになった。

拓中士はそのときはすでに医療院勤務だったから、紫霞はなにかあれば彼のもとに通った。人混みに出ることを心配した高峻が、高額な報酬を条件に拓中士を呼び寄せようとしたのだが断られた。朝廷から俸禄(ほうろく)をもらう立場の医官が、私的な往診で対価をもらうわけにはいかないというのが彼の言い分だった。まったく正論だし、法律に携わる立場として、高峻はひどく恥じ入ったということだった。

医療院に出入りするうちに、少女の頃に抱いた『医師になりたい』という夢がよみがえった。しかし名家の人妻が医師を志すなど、令嬢がそれを望む以上に未曾有(みぞう)の事態だ。経緯は分からぬが、そののち紫霞は不貞を理由に離縁される。結婚生活は三年にも満たなかった。

「不貞の相手は拓中士じゃないわよ」

次第に顔を引きつらせてゆく翠珠に、呆れたように紫霞は言った。翠珠はびくりと身を震わせる。

「な、なんで……」

私の考えていることが分かったのですか？　よりもこの状況では「そんなことは考えていません」と否定すべきだったと、思いついたのは後のことだった。

「それだけ困った顔をしていれば、なにを考えているか分かるわよ。それに展開から、そう思われても不思議ではないなあって、いま自分で話してみてあらためて思ったわ」

まるで愉快なことでも考えついたように、紫霞は楽しげだった。勘違いを恥ずかしく思いながら、翠珠も胸をなでおろす。

「良かったです。もしそんなことになっていたら、次から拓中士にどんな顔をして会ったらいいのかと思っていました」

紫霞は声をあげて笑った。今日の彼女は本当によく笑う。まるでなにかの箍が外れたかのようだ。あるいは自分の病を話したことで、肩の荷が下りたのかもしれない。

翠珠のほうも病名を知ったことで〝そうだったのか〟と合点がいった。体調不良だと一方的に言われるだけでは、どうしてももやもやしてしまう。

そのあとも紫霞は、少し事情を話した。

紫霞が内廷勤務を選んだ理由は、拓中士の勧めがあったからだという。

もとより景京から出るつもりはなかった。医院の後継者でもない新人医師がしっかり学べる場所は、都にしかないからだ。なにより病に不安を抱える身としては、拓中士の元に通える場所に住みたかった。

最初は医療院への勤務を希望したが、雑多かつ忙しいことで病にあまり良い影響がないだろうと拓中士に止められた。

その点で宮廷医局は、比較的ゆっくりと仕事ができる。偉い人が相手なので余計な鬱屈（うっくつ）はあるが、良家の出である紫霞はその点では慣れているだろう。それを言うのなら医療院のほうは、道徳も礼儀もわきまえない粗野な患者が来院する。翠珠は彼らの相手のほうが気楽なのだが、紫霞は逆だろう。

呂貴妃の存在を考えれば、紫霞にとって内廷勤務は剣呑（けんのん）と思える。しかし紫霞が呂貴妃に会ったのは、結婚の挨拶（あいさつ）に後宮を訪ねたときも入れて数回くらいである。

なるほど、知らぬ時はずいぶんと大胆なことをすると思ったが、理由を聞いてみれば納得できる。紫霞のようなものすごい美人を忘れるものかとも思うが、十年以上も経っているのならさすがに雰囲気も変わり、一目しただけでは呂貴妃も気づかないかもしれない。紫霞は呂貴妃に対して罪を犯したわけではないが、神経を逆なですることはまちがいない。

話を聞き終えた翠珠は、晴れ晴れとした表情で言った。

「お話ししてくださり、ありがとうございます」

「私も話せてよかったわ」

同じく晴れ晴れとした表情で、紫霞は返した。

ちなみに病のことを知っている医官は、女子太医長と向次長。宮廷医局長と陳中士の四人だけだという。陳中士は紫霞が師姐（シージェ）と慕う、昔からの友人ということだ。彼女であれば紫霞の不貞の相手を知っているのかもしれないが、それは翠珠には関係がないことだった。

まったく興味がないといえば、嘘にはなる。不貞の相手が誰なのかということではない。なぜ紫霞は高峻を裏切ったのかということだ。翠珠が話したかぎり、加えていまの紫霞の話を聞いても、高峻は非の打ちどころのない夫である。

もちろん男女の仲はそんな単純なものではないだろうし、非の打ちどころのない妻を持ちながら、幾人もの妾（めかけ）を持つ好色な男はいくらでもいる。ならば女の側にそんな者がいても不思議ではない。紫霞が好色だとはとうてい思えないが、翠珠は自分の身内が相手でなければ、他人の好色具合などどうでもよいと考えている。

いずれにしろ翠珠には、一般的な道徳観念から外れた範囲の色恋沙汰（ざた）を語れるほどの恋愛経験はない。だから関心もない。あるいは本当に離縁をするために不貞をしたというのなら、紫霞の医師になりたいという思いは、翠珠の常識では考えられぬほどに強かったのだろうとしか思わなかった。

官舎に戻ると、母から手紙が届いていた。

部屋に入ると机の上にそれはあり、少し前に舎監が届けに来たのだと、同室の譚明葉が教えてくれた。

恐ろしく厚い封書を開け、折りたたまれた紙を開く。まずは内廷勤務となったことへの励ましが記されていた。翠珠が直近に出した母への手紙は、突然の配置換えに対する不満と不安をぎゅうぎゅうに詰めて書いていた。

あの時は感情のままに愚痴を記してしまったが、こうして慣れてみると経験と思える余裕もある。これはいらぬ心配をかけてしまったかと後悔した。

娘からの久しぶりの手紙に、母も筆がのったのだろう。近況に加えて、自身の癭病の治療経験が長々と記してあった。呂貴妃の名はもちろん書かなかったが、瘀血から癭病に診断名が変わった患者の症例として、母に報告していたのだ。

翠珠は眼病を併発していた例の婦人しか認識していなかったが、手紙によると李医院には他にもまだ数名の癭病の患者が通院していたようだった。その患者達の証立てとそれに応じた治療法が事細かく記してある。

「この人は、呂貴妃様と同じ傾向かも……」

三年前に来院した婦人ということで、すでに景京に来ていた翠珠は彼女のことを知らなかった。

母の治療方針は、冬大士が呂貴妃に立てたものと非常に近しかった。李医院のその患者達は、いままではこれといった症状もなく過ごせているという。波が激しい呂貴妃とは経過がちがっているようだ。

　そういえば例の目の悪い婦人は、癭病の診断確定後もなかなか病状が安定しなかったと聞いていた。進行性の眼病を患う彼女は精神不安が強い患者だった。してみると呂貴妃もそのあたりの影響があるのだろうか？

（あれ？）

　翠珠は手紙を持ったまま、しばらく思案していた。

　明滅する蛍火のように、脳裡（のうり）に小さな不審の種が思い浮かんでいた。

　まさか、そんなこと――。

　翠珠は疑念を振り払った。考えすぎだ。いくらなんでも偶然すぎる。

「随分と長い手紙みたいね」

　寝台に寝そべっていた明葉が、ひょいと身を起こした。位置的にのぞけるような距離ではないが、翠珠はあわてて手紙を閉じた。

「たいしたことは書いていないわ」

　幸い明葉はさして不審に思ったふうもなく「それより聞いて。今日さあ」と切りだして、その日の仕事の愚痴を語りはじめた。

紛失した牡丹皮に大きな動きがあったのは、それから数日後のことだった。

河嬪が住む梨花殿の花壇を手入れしていた太監が、生垣の中から『牡丹皮』の札を貼った空の櫃を見つけたのだ。

しかも河嬪が、この件を御史台や内廷警吏局にではなく『百花の円居』の席で報告をしたものだから、紛失を知らなかった妃嬪達は大騒ぎとなった。特に呂貴妃の動揺と怒りはすさまじく、その場で伏してしまったほどだという。

「四半剋近く、身動きが取れなかったそうです」

製薬室での作業中、霍少士が言った。

「そのあと内廷警吏長と、鄭御史がだいぶん叱責されたそうです」

「知っている」

素っ気なく翠珠は答えた。

ちなみにこたびの牡丹皮の紛失を受けて、宮廷医局長と倉庫の管理担当者は、すでに外廷から減俸処分を受けている。よって内廷側が彼等を処分することはできない。

夕宵と内廷警吏長が叱責されたのは、妃嬪達に内密にすることを指示していたという理由だ。

「呂貴妃様も近頃体調が悪いから、ご機嫌が悪いらしいですね」

大きな円い目に好奇心をにじませつつ、霍少士が言う。まったく外廷勤務中心の男性医官が、どこでそんな情報を手に入れたものやらである。

「先日お会いしたときは、お元気そうだったけど……」

「鄭御史と一緒に、招待されたときですか？」

「ええ。あのときはかなり上機嫌で体調もすこぶるよさそうだった。ただ、その前にお会いしたときは、確かに苦しそうだったなあ」

それこそいま目の前にいる、霍少士と話しているとき急に呼び出されたのだ。目的は栄嬪の仮病に対する疑念を訊きだすためだったが、人のことを心配している状況かと思うほどの苦しみようだった。

しかし直近で会ったときは、比較的元気そうだった。だから安堵した。

それが今回も長く身動きが取れなかったというのなら、彼女の病状の波はかなり浮き沈みが激しいと考えてよいのだろう。

「そうなのですか。そんなに症状の波が激しいとは、癭病とはなかなか厄介なものですね」

霍少士は呑気に語るが、双方の現場に遭遇していた翠珠はやはり不安だった。

癭病という診断がついてから、呂貴妃の治療は順調だった。つまり診断に間違いはなく、冬大士が処方した薬も適応だったのだ。

それが悪くなったというのを、単純に病状の波と考えてよいのか。

もしかしたら呂貴妃個人の体質が変わったのか、あるいは別の病気を発症した可能性も——前者はともかく後者は、先日会った時の良好な状態の説明がつかない。

もちろん病の回復過程に、好調・不調の波は存在する。しかし呂貴妃の病状の悪化のしかたは、波というよりむしろ発作ではないか。

(なんだろう?)

どうにも釈然としない。山盛りの茵蔯蒿(いんちんこう)が入った笊(ざる)を抱えたまま、翠珠はその場に立ち尽くして思案する。

「師姐(シージェ)?」

「李少士」

呼びかけは同時だった。

作業台のむこうで霍少士が、そして回廊側の扉の先には、夕宵が立っていた。

「どうなされたのですか?」

不審はあったが、表情では平静を取り繕って翠珠は問うた。夕宵の人間性は好いているが、御史台官の訪問はどうしたって身構える。

一歩中に入ってきた夕宵は、室内をぐるりと見回した。翠珠は笊を机に置き、彼の傍に近づく。

「なにか起きたのですか?」

「晏中士はどちらに?」

「あ、会議中です」

こちらは中士以上の医官が集まって定期的に行われる、業務会議である。これとは別に症例検討会も行われるが、こちらには翠珠達少士も参加できる。上官から容赦ない指摘を受けるので、前日に胃痛を起こす若い医官は少なくない。

「なるほど、それで少士しかいないのか」

合点がいったというように夕宵はうなずいた。

「その会議は長引きそうか？」

「いえ。もう半刻になりますから、そろそろ終わるころかと」

話を聞いていた霍少士が代わりに答えた。宮廷医局に来てまだ日が浅い翠珠は、このあたりの基準がよく分かっていない。

「晏中士になにかご用ですか？」

嫌な予感を覚えつつ、翠珠は問うた。

「先程、内廷警吏局から報告があって——」

夕宵は切り出した。

「河嬪のことで主治医に話を聞きたいと、呂貴妃が仰せなのだ」


「ご無沙汰しております、呂貴妃様」

紫霞の美しい顔に動揺の色は浮かんでいなかったが、さすがに硬かった。

呂貴妃は最初、怪訝な顔をしたが、少ししてはっと気づいたように顔を歪める。

そうだろう。これほどの美女が簡単に記憶から消えるわけがない。まして女側の不貞という、名家には滅多にない醜聞で実家に泥を塗った相手なのだから。

呼ばれた段階でごまかしきれるものではないと腹をくくったのか、紫霞は呂貴妃の前にでるなり、跪いて「はじめまして」ではなく「ご無沙汰しております」と言ったのだ。

呂貴妃が手にしていた、鬼百合を縫いとった絹団扇がぶるりと震えた。

「そなた、楊氏か？」

「いまは親戚の養女となり、晏という姓になっております」

「そうだろう。まともな家なら、そなたのようなふしだらな女を留めてはおくまい」

吐き捨てるように呂貴妃は言った。紫霞は無言を貫く。ふしだらという侮辱に、なんの痛痒も感じていないように見える。

そもそもその単語で傷つくような柔な精神なら、最初から不貞などの大それた真似はしない。この場で『不貞相手を本当に愛していた』などの戯言を言うよりはよほど共感ができる態度だった。

「李少士！」

呂貴妃が呼んだ。ほとんど怒鳴りつけられたようなものだった。

夕宵と並んで壁際にたたずんでいた翠珠は、身を硬くした。紫霞に同行した段階でなにか言われるとは思っていたが、覚悟はしていてもやはり緊張する。

「楊氏はそなたの指導医だというが、このことを知っていたのか？」

「李少士には教えておりませぬ」

翠珠が弁明するより先に紫霞が言った。

「ここに来る途中で、はじめて貴家との経緯を話しました。ゆえに李少士の呂貴妃様に対する誠意は誠のものでございます」

翠珠が紫霞と高峻の関係を知ったのは数日前だから、紫霞ははっきりと嘘をついている。しかしここで正直に訂正するほど、翠珠も愚かではない。おどおどと首肯すると、呂貴妃は少しだけ表情を和らげた。

その様子を見て、おもむろに夕宵が諫める。

「個人的な関係にはいったん目をおつむりください。晏中士をお呼びになられたのは、河嬪様のご病状を御尋ねになりたかったからではありませぬか」

「信頼できるか、そんな姦婦の証言など！」

呂貴妃は声を荒らげる。貞淑な無能より身持ちの悪い有能のほうが、仕事をする上ではよほど信頼できる。そう翠珠は反論したかったが、そんなことを言えば杖刑五十回くらい余裕で科せられかねない。

「しかし河嬪様の病状は、晏中士にしか分かりません」

夕宵の真っ当な指摘に、呂貴妃はぐっと唇を引き結んだ。

梨花殿で立てつづけにおきた、牡丹皮にかかわる事件。この二つが同一犯によるものかどうかは分からない。しかし犯人が河嬪に害を及ぼそうとしているのなら、彼女の体調になんらかの影響が出ているはずだ。

　いまのところ河嬪は特に変調を訴えてはいない。ただ流産以降の心を閉ざした状況を考えれば、それを鵜呑みにしてよいとも思えずに、呂貴妃は河嬪の担当医を呼ぼうとした。まさかそれが、いまだ蛇蝎のごとく嫌っている元嫁の楊氏だとは夢にも思っていなかったから。

「診察もままならぬ状態でございますので、河嬪様のご容態は正直分かりにくいところがございます」

　紫霞の証言に、呂貴妃はものすごい形相で彼女を睨みつけた。

　訊いてもいない。聞きたくもない。だが夕宵の指摘通り、河嬪の病状を訊くのなら紫霞しかいない。板挟みでいらついているところに、この紫霞の悪びれない態度である。悪意ではなく紫霞の雰囲気と気質がそういう印象を与えるだけなのだが、それでなくとも元々情動的だった呂貴妃の神経を逆なでした。

「黙れ！」

　呂貴妃は叫んだ。その顔は真っ青だった。わなわなと唇を震わせ、ものすごい形相で紫霞を睨みつける。怒りと興奮のためなのか、額やこめかみには生汗が浮かんでいる。いまにも憤死しそうな気配に、これはいったん紫霞を退席させたほうが良いのではと翠珠は思った。

「まずいな」

夕宵が独り言ち、ちらりと翠珠のほうを見る。あるいは彼も同じことを考えているのかもしれない。

「呂貴妃様」

鈴娘が差し伸べた手を、呂貴妃は振り払った。

腹心の侍女に対する乱暴なふるまいに、鈴娘はもちろん翠珠も夕宵も驚いた。激しやすい気質の呂貴妃は口では感情的なことを言うが、栄嬪とはちがい、それが行動に及んだことは一度もなかったからだ。

振り払った手でつかむように胸を押さえると、呂貴妃はそのまま身をかがめた。肩がゆっくりと上下し、その動きに比例するように荒い呼吸音が聞こえてくる。

先日も似たような現場に遭遇した。波というより発作のようだと翠珠は思った。

「李少士」

紫霞が低い声で促す。なるほど、ここで紫霞が彼女の容態を訊くことは難しい。翠珠はこくりとうなずくと、呂貴妃の傍に近づく。

「呂貴妃様、横になられたほうが……」

翠珠が言い終わる前に、呂貴妃はがっと身を起こした。顔貌はもはや蒼白で、滝のような汗が流れている。

これは尋常ではない。そう考えた翠珠は、呂貴妃の傍らに膝をついた。

次の瞬間、呂貴妃は翠珠の二の腕をつかんだ。ぎりぎりと締め上げるように強く腕を握られ、翠珠は思わず顔をしかめる。なんだ、この苦しがりようは。翠珠は呂貴妃の顔をのぞきこんだ。

彼女はかすれるような声で言った。

「息が……」

「息、息がお苦しいのですか？」

しかし呂貴妃は答えることもせず、がくがくとその場で震えるばかりだ。もはやその視線は誰も見ていない。翠珠はすがるように紫霞の顔を見た。いまの自分ではこの病状に対応できない。

「落ちついて、いつもの通りの診察をすればいいのよ」

紫霞が言った。

「で、でも……」

「できるわよ。あなたはこれまで、何人もの病を診断してきたのだから」

その言葉を耳にしたとたん、翠珠の脳裡にこれまで診てきた数々の患者が思い浮かんだ。呂貴妃の癭病。沈大夫の誤嚥。そして栄嬪の意識消失発作。それらの病名を、落ちついて懸命に考えることで導き出した。

瞬く間に翠珠は、冷静さを取り戻した。

空いたほうの手で呂貴妃の脈を探る。胸が苦しいと言うだけあって数脈だが、規則的ではある。生命にかかわる緊急性のある状態ではなさそうだ。

(だったら、この苦しがりようは——)

翠珠は二の腕にかかった呂貴妃の指を、なだめるようにぽんぽんと叩く。

そうかもしれない——。

「大丈夫です。脈は落ちついています。ゆっくりと息を吐いてください」

傍らでおろおろする鈴娘に背中をさするように言うと、彼女は呂貴妃の背に手をまわした。

「ゆっくりと、そうです。鈴娘さんの手の動きに息をあわせてください」

翠珠の声と鈴娘の手の動きが拍子を揃える。やがて呂貴妃の震えが次第に収まってきた。息遣いがもとに戻りはじめたところで、翠珠と鈴娘の二人で長椅子に横たわらせる。

「担当の冬大士を呼んでまいります」

そう言って紫霞が踵を返そうとした。

「待て」

切れ切れの声で呂貴妃が言う。紫霞は素直に足を止めた。

ぐっしょりと汗の滲んだ、疲れ切った貌にもかかわらず、呂貴妃の目には強い憎悪と疑念の炎が燃えていた。

「そなた、なにをした?」

「……なんのことでございますか?」

「しらばっくれるな!」

かすれた声だったが、怒気を強く孕んでいた。

「誰もなにもしていないのに、かように悪化するはずがない。なにも知らぬ李少士を利用して、私が口にするものに毒を盛ったのであろう。離縁のさいに責めたてたことを逆恨みしたのだな」

いきなり名前を出されて翠珠は驚く。そもそも最初に桂枝茯苓丸を鑑定して以来、呂貴妃が口にするものにはいっさいかかわっていない。むしろ菓子や料理をご馳走になった側だ。そのあたりの冷静さも失っているのか。

とうぜん紫霞は反論する。

「不貞をした私が責められることは必定。呂家の方々に申し訳ないと思いこそすれ、けしてお恨みなどしておりません」

そこで紫霞はいったん言葉を切り、さらにはっきりした口調で言った。

「いやしくも医師たる身にありながら、患者を害するような真似はけしていたしません」

「なにを白々しい」

「私は心から医師になりたかったのです。切望し、周りのすべてを傷つけてでもなりたかった。そこまでして得た生業を穢すような真似がどうしてできましょう」

珍しく感情を込めた紫霞の反論に、翠珠は引っかかった。

その言い方では、医師になりたいという思いが先で不貞があとになる。高峻の妻であったという紫霞の告白を聞いたとき、まさかと思った。そう、まさか紫霞は離婚をするために不貞をしたのではなかったのかと――。

（だから、なんなのよ）

そんなことを考えた自分に、腹立たしさを覚えた。

紫霞が不貞をしても、それに怒るのは高峻だけでいい。呂家と楊家にもその権利はあるのだろうが、翠珠にはない。人妻の楊紫霞など知らない。翠珠が尊敬しているのは、医師の晏紫霞である。

「夫を裏切るような性悪な女の弁など、なにもかも信じられぬ」

呂貴妃の言い分は、とうてい理論的ではなかった。しかし女にとってなによりもの価値が貞淑とされる世では、それは筋が通った言い分なのかもしれなかった。

ああ、それはいいさ。あなたの価値観だ。だけど私はちがう。不貞はもちろん非難されるべきことだが、それでなにもかも否定されるのは絶対にちがう。

翠珠はぐっと拳を作り、一歩前に進み出た。なにをするのかとばかりに、夕宵が不安げな目をむける。

「呂貴妃様。私は晏中士から、なにも命ぜられておりません」

「嘘をつくな！」

呂貴妃は怒鳴った。可愛がっていた翠珠からこのような反撃を受けて、あるいは飼い犬に手を噛まれたような気持ちになったのかもしれない。

「ならば、私の体調はどう説明する？　確かにそなた達の処方にて瘀血が改善し、瘻病も改善した。しかしこうもすぐにぶり返すのはどういうことだ」

「それは——」

翠珠が反論しかけたとき、隣の前庁から高峻が飛び込んできた。この暑い中を走ってきたのだろう。汗だくで肩で息をしている。落ちついた印象しかなかったので、こんな姿を目にするとは思わなかった。

とつぜんの元夫の登場に、さすがに紫霞も顔を強張らせた。翠珠も、高峻がどういう意図でここに来たのかが分からずに戸惑う。

「やっと来た」

ぼそりと夕宵が言ったので、翠珠は急いで彼の傍に戻る。

「どういうことですか?」

「杏花舎を出る前に呼びに行かせた。晏中士が元の妻だと君に聞いたから」

「呂少卿は晏中士の在局はとっくにご存じですよ。いまさらこの場に呼んでどうするのですか」

あらためて責め立てさせるつもりなのか? 高峻にその権利はあるだろうが、ここでしなくてもよいだろう。しかも夕宵が仲立ち(?)をすることでもない。

声をひそめつつ、しっかりと噛みついてくる翠珠を夕宵はなだめた。

「そうじゃない。この場を収めてもらおうとして、呼んだんだ」

「はい?」

翠珠は耳を疑った。いくら高峻でもそこまでお人よしではなかろう。不貞をされて離縁した元妻をかばう男など聞いたことがない。いったいどういう発想でそんなことを思いついたのだ。

「……叔母上」

切れ切れの息のまま、高峻は呼びかけた。

普段の落ちついた様子とはあまりにもかけ離れた姿に、呂貴妃は怒りも忘れた怪訝な面持ちで高峻を見る。

腹の中にたまった澱をすべて洗い出すように、高峻は深く息を吐いた。

「紫霞は、不貞などしておりません」

紫霞が結婚をしたのは、十六歳のときだった。

医師になりたいという物心つく頃からの願いを、女子の本分をわきまえぬわがままと己に言い聞かせて呂家に嫁いだ。

婚家は実家より少し格上だったので、堅苦しい部分もあった。しかし意地の悪い人間はいなかったので、恵まれた嫁ぎ先と言えただろう。なにより三つ上の高峻は、まったく非の打ちどころのない夫だった。

理想的な夫婦。誰もが羨む結婚だと皆が口を揃えて言った。紫霞自身もそうだろうと思っていた。自分は女の幸せを全うしているのだと言い聞かせていたのに、身体は正直だった。

過度な心の抑圧は、気の病を引き起こしやすい。

自分は満ち足りている。いまの生活になにも不満はない。そう信じていたはずなのに、ある日とつぜん風船が破裂するように紫霞は発作を起こした。そのあと拓中士から奔豚気の診断を下された。

治療を施すことである程度の改善はしたが、それでも発作は繰り返された。

ある日、紫霞は医師になりたいという自身の希望を高峻に告げた。そうしなければもう耐えられないと訴えた。

高峻は紫霞の望みをかなえてやりたいと思った。しかしまともに話を持ち掛けたところで、両親はもちろん親族のすべてが納得するはずがない。家庭を守るべき妻が外に仕事を持つなど、しかも夫と家から離れて暮らすなど、まさしく天をも恐れぬ悪行である。

悩む高峻に、紫霞は離婚をして欲しいと願い出た。

嫌だった。高峻は妻を愛していたから、離れたくなかった。

けれど発作で苦しむ姿を見るのは、もっと嫌だった。

『あなたの奥方の治癒は、いまの環境を変えてやらねば難しい』

ひそかに拓中士から受けた説明も、胸をえぐっていた。拓中士のこの助言を紫霞は知らなかったようで、高峻がそれを言ったとき驚きに目を見張った。

高峻は離婚を承諾した。

しかし夫婦の間で話が成立しても、たがいの家は納得しない。名家と呼ばれる家にとっての結婚は両家の契約で、夫婦二人だけの問題ではないのだ。妻から離婚を求める権利はないにも等しいが、かといって夫も簡単に妻を追い出せるわけではない。いったん嫁として受け入れたからには、婚家にはそれなりの責任があるのだ。妾が許される世の中だから、子ができぬというのもあんがい決定的な理由にはならない。妻の実家が有力であればなおさらだ。

しかし不貞とあれば、さすがに家族も世間も納得する。

そんな不名誉をかぶることが耐えられるかと問うと、医師の道を目指せるのであればかまわないと紫霞は言った。

これはもう諦めるしかないと高峻は思った。

自分が想うほどに、紫霞は高峻のことを想っていない。いや、そうではなく夢を叶えたいという気持ちがなによりも強い。そう自嘲気味に高峻が語ったとき、紫霞はひどく申し訳なさそうな顔をした。

「気にすることはない」

高峻は言った。

「相手が他の男なら歯嚙みもするが、恋敵は君の夢なのだから敵うわけがない」

寂し気な声音に、紫霞は唇を嚙んだ。

翠珠の胸は痛んだ。

医師の夢が結婚をしてから生じたものであれば、紫霞は無責任だと責められてもしかたがなかった。

しかしそうではない。紫霞は幼いころから抱きつづけた夢を叶えたくて、実の親にも願い出た。けれど許されなかった。必死で耐えようとした心がついに破裂した。

それは誰のせいでもない。心の弱さでももちろんない。まして翠珠のように自由と夢を追うことになんの困難もなかった人間が、とやかく言うことはできない。

「呂少卿が、未だに元の奥方を想っていらっしゃるのは、話を聞いてなんとなく察していたんだ」

ぽつりと、翠珠にだけ聞こえるように夕宵が言った。

翠珠は夕宵の顔を見上げた。なるほど、合点がいった。それで彼は高峻を呼びに行かせたのだ。なにかあったときに執り成しをしてもらおうと考えて。多分なにかあるだろうと察していたのだ。御史台官らしい危機意識である。

呂貴妃は呆然として、甥の告白を聞いた。

彼女はまるで未知の存在を見るような目をしていた。それが高峻にむけられたものなのか、紫霞にむけられたものなのかはよく分からない。

「……それで、そなたは納得したのか？」

不貞ではないと分かったところで、呂貴妃の紫霞に対する怒りが解けるとは思えなかった。家に尽くすべき立場である女が、家族と家を捨てて自分の願望を貫いたことに変わりはないのだ。

高峻はゆらりと首を揺らした。肯定とも否定とも取れる所作だった。

「私はただ、発作に苦しむ紫霞を、これ以上見ていられなかったのです」

「……発作」

呂貴妃はその言葉を、まるで口の中で咀嚼（そしゃく）するようにつぶやいた。自身も少なからず病に苦しめられているので、そう言われると頭から反発もできないのだろう。

けれど、もしかしたらと翠珠は思った。

もしかしたら、呂貴妃もそうなのかもしれない。

「ええ、とても痛ましかったのです」

ぽつりと高峻は答えた。

「ひとたび発作が起こると、呼吸もできないほどに胸が苦しくなる。生汗が全身に浮かび、震えだしてしまう。しかもそれは予期無く突然起こるものだから、繰り返すうちにいつ発作が起こるのかという恐怖におびえ、次第に彼女はなにもできなくなっていったのです」

高峻の証言は、絵に描いたように典型的な奔豚気の症状だった。

しかし翠珠が目にした紫霞の症状は、そこまではひどくなかった。それは彼女が自身の病とそれなりに付き合えるようになっていることの証（あかし）かもしれなかった。

むしろいまの高峻の証言と近しいのは――。

見ると呂貴妃は息を呑み、考えを巡らせるように視線を泳がせている。しかしまだ混乱が先にきて、整理ができていないようだった。

思いきって翠珠は尋ねた。

「呂貴妃様、お心当たりはございませんか？」

呂貴妃の身体が揺れた。紫霞をのぞく全員が〝え？〟と驚きの声をあげた。呂貴妃はまじまじと翠珠を見つめる。

「しかし、私は癭病では……」

「癭病でも瘀血でも、奔豚気は発症します。逆も然りです。なぜなら体力が落ちた状態のときこそ、人は病に侵されやすいのです」

そう言ったのは紫霞だった。少し前であれば、紫霞がなにか言葉を発しただけで激怒していただろう。しかしいまはなにも言わない。それは呂貴妃になにか思い当たる節があるからなのだろう。

「ならば、私は……」

「おそらくですが、私と同じ奔豚気を患っておいでかと」

「……」

呂貴妃は呆然として、しばし黙り込んでいた。

これだけたてつづけに病に襲われるなど、誰だって信じたくない。

けれど紫霞が言ったように、病は弱っているときにこそ襲い掛かる。弱り目に祟り目。泣きっ面に蜂とはよく言ったものだ。心身ともに健やかな状態であれば、いかに病が理不尽な存在とて、そう簡単に人の身体を侵食しない。

しばしの沈黙が流れる。

やがて呂貴妃は顔を上げ、紫霞を見た。その眸に憎しみの色はなく、むしろすがるような色が浮かんでいた。

「私は、治るのか？」

「治る人は治ります。長く悩まされる患者がいることも本当です。私のように症状が軽快して、それなりにうまくつきあっている者もおります」

呂貴妃はもう一度紫霞を見た。今度は顔だけではなく、頭からつま先を、まるでその存在を確認するかのようにきっちりと見つめた。

同じ病を抱えながら、しっかりと生活をしている。乗り越えたとは言わないが、うまくつきあうことができていると言っていた。それは紫霞が奔豚気の病態をきちんと把握しているからだ。

ゆえに病への不安に揺れる呂貴妃を支えることができるのは、この場では紫霞が一番なのだろうと翠珠は思った。

「呂貴妃様」

紫霞が呼びかけた。

「よろしければ私に、貴妃様の治療に参加をさせていただけないでしょうか。それで呂家を裏切った罪滅ぼしができるなどとは思いませぬが、私の経験が少しでもお役に立てば僥倖の極みでございます」

紫霞の提案に、呂貴妃はしばし無言でいた。やがて自らの胸にそっと手をあて、ぽつりと言った。

「そなたは、このように辛い状態を乗り越えたのだな」

「すべて高峻様のおかげでございます」

紫霞の口からはっきりと告げられた自分の名に、高峻は目を瞬かせた。

紫霞は高峻のほうを見て、目配せをするようにかすかに首を揺らした。

「彼が私の病を理解して寄り添ってくださったから、私はここまで改善することができたのです」

そのあと翠珠と夕宵は、ともに芍薬殿をあとにした。

紫霞と高峻は、呂貴妃に話があるとして残った。病状のみならず、離婚の真相、現在の二人の関係など説明することは山ほどあるだろう。

どこからか梔子の薫りがただよってくる宮道を進みながら、翠珠は高峻を呼んでいてくれたことにあらためて礼を言った。

「あそこで呂少卿が来てくださらなければ、とんでもなくこじれてしまっていたはずです」

「あの段階で、十分こじれていたけどな」

苦笑交じりに夕宵は言った。確かにそうだが、高峻が来なければ片はつかなかっただろう。彼が来る直前の呂貴妃は、人の話が聞ける状態ではなかった。

「呂少卿は、いまでも晏中士のことが好きだぞ」

「それは見ていて分かりました」

「そうか。私はずいぶん不平等な話だとは思うが……」

そう漏らした夕宵の口ぶりには、若干の不満がにじんでいた。

「まあ、男女の仲はそんなものじゃないのか」

早々と自分で結論を出すのなら、最初から言わなきゃいいのにと思った。

確かに経緯を聞いていると、高峻ばかりがあまりにも一方的に尽くしているようにも感じる。夕宵は男の立場として、尊敬する先輩に対しても、釈然としない思いがあったのかもしれない。

紫霞のように恵まれた生家と嫁ぎ先は、世のほとんどの婦人が羨望（せんぼう）してやまぬものだ。けれどそのきらびやかな環境が紫霞を追い詰めたのだ。紫霞にしてみれば、翠珠の環境のほうがよほど恵まれている。

それを贅沢（ぜいたく）だと非難する者はいるだろう。しかし紫霞は敢（あ）えて汚名をかぶってまで夢を貫いたのだから、それだけの覚悟を持った相手にとやかく思うことなど翠珠にはない。従順であることが美徳。自分達が決めた価値観を甘受しないからといって、それを身勝手と誹る者達になどけして共感しない。

案内役の太監と別れて、東六殿の門を出る。

ふと夕宵は、西の空を見上げた。太陽は天頂より少し落ちて、黄金と橙色を入り交えて眩い輝きを放っていた。

「結局、河嬪の状態は、本人に訊かないと分からないのか」

がらりと変わった話題に、翠珠は目を見張る。

夕宵は西日の輝きに目を眇めている。

鼓動が早打ちをはじめる。母からの手紙を受け取ったあの日、翠珠の心に芽生えたひとつの疑惑。けれど、そんなひどい話などあるはずがないと強引に打ち消した。

「河嬪様は、いまのところなんともないと仰せだとお聞きしましたが」

内心でおびえつつ翠珠が言うと、夕宵は空にむけていた顔をひょいと戻した。翠珠はごくりと唾を呑んだ。夕宵の自分を見る目がひどく深刻だった。

「鄭御史？」

おそるおそる尋ねると、夕宵は目線だけ動かして周囲をうかがった。そうして人の目がないことを確認したうえで、さらに声をひそめた。

「牡丹皮の件は、河嬪の自作自演ではないだろうか？」

戻り梅雨を繰り返していた不安定な天気がようやく落ちつき、夏の暑さが安定的となった頃。梨花殿にかかわる、二つの牡丹皮の事件の真相が判明した。

殿を賜る河嬪が、自らが服用するために牡丹皮を外部から購入し、それが禁止されたため、杏花舎から盗みを働いたというものだった。


「それで河嬪様は、出家が決まったの」

「そう。明日の早いうちに宮城を出て、道士となられるそうよ」

「嬪の身分は廃されるらしいわ」

河嬪への処遇が決まった翌日、杏花舎での話題はそればかりだった。とはいえ牡丹皮事件の主犯が、被害者とされた河嬪であったと公表されたときほどではない。そもそもこの事件は騒動とはなったが、具体的な被害者がいないのだ。

呂貴妃と栄嬪は、多少自分で蒔いた種という要素が大きい。敢えて言うのなら馬薬舗の店主だろう。一番振り回されたのは夕宵だが、彼は仕事である。

沙鐘が終わったのを見て、翠珠は炉の火を止めた。

隣室から聞こえていた噂話は、すでに終わっている。医官達もそれぞれの仕事に戻ったようだ。翠珠がいる調剤室も、他に人はいなかった。真夏の煎じ作業はなかなかの苦行で、必要でなければ誰も入らない。窓を全開にしたところで、入ってくる外気も熱いからさして効果はない。

　煎じ薬を漉したところで、紫霞が入ってきた。

「すごい汗ね」

　この事態をあらかじめ予測していたのか、紫霞は水で湿した綿布を差し出した。翠珠は礼を言ってそれを受け取り、顔や首筋をつたう汗を拭いた。

「晏中士。冬大士との症例検討は終わりましたか」

「ええ。いまのところ呂貴妃様は、大きな発作はなく顔色も良いので、いまの処方をもう少しつづけてみることで決まったわ」

「良かったです」

　翠珠の素直な感想にうなずいたあと、紫霞は机に置いた鉄瓶に目をとめる。

「それは河嬪様の十全大補湯？」

「はい。今日が最後になりますね」

　翠珠の答えに、紫霞は複雑な面持ちを浮かべた。その美貌には怒りと失望、自虐と後悔等さまざまに複雑な感情が入り交っていた。

「良くならないはずよね。血と気を補う薬を飲む傍らで、通経薬を服用していたのだから」

「……それだけ流産に、お心を痛めておいでだったのでしょう」

弁明とも励ますともつかぬ口調で翠珠は言った。紫霞は答えず、吐息をついただけだった。

河嬪が牡丹皮を服用していた理由は、身籠らぬようにするためだった。

半年間近での流産は、肉体面のみならず精神面で強い衝撃を河嬪に与えた。彼女は妊娠という状態に恐怖を抱くようになり、二度と身籠りたくないと考えるようになった。

しかし後宮の妃嬪の仕事は、子を産むことである。

流産から間もない現状で皇帝のお召しはなかったが、もともと寵愛の深い妃嬪である。回復をすればまた夜伽ということになるだろう。皇帝もふたたび子をもうけることができれば、河嬪の傷心も癒えるのではと善意で考えている。

けれど河嬪は、二度と身籠りたくないと願っていた。

そのために牡丹皮を服用していたのだ。血の巡りをよくするこの生薬は、女子胞の収縮を促すので、妊娠初期の流産にはつながりやすい。当初は故郷の南州から取り寄せていたので、景京の薬舗に痕跡は残らなかった。

馬薬舗で翠珠は、流産を目論むのに牡丹皮のような緩い薬は使わないだろうと言った。しかし常用しているとなれば話は別だ。まして呂貴妃のような瘀血の状態の者には良薬でも、流産後で血虚と気虚の状態にある河嬪にとって、妊娠しにくい状態を促すことになりかねない。

しかし、それこそが河嬪の目的だったのだ。

妃嬪の立場で皇帝のお召しを断るなど、まして子が欲しくないなどと言えるわけがない。ならば夜伽をしても子ができぬようにするしかない。

腹心の侍女一人にだけその意図を伝えて、牡丹皮を隠しおいていた。けれど事情を知らぬ梨花殿の女官が、それを発見して大騒ぎとなった。

「まあ、六か月にもなって流産の憂き目にあえば、そんな心的外傷を抱えていても不思議でないわね」

処分にかんして、皇帝はだいぶん悩んだらしい。

皇帝の子を身籠るという妃嬪の役割を放棄していたのだから、厳罰に処されて然るべきだった。しかし妃嬪のほとんどがそこまで追い詰められた河嬪に同情し、皇帝に恩情を求めたことと、河嬪の精神状態を慮り、出家ということで片がついたのだった。

「河嬪様。陛下や呂貴妃様はもちろん、もはや私にさえ合わせる顔がないと仰せらしいわ」

「お届けしてまいりますね」

同情とも非難ともつかぬ紫霞の言葉をさらりと躱し、翠珠は部屋を出た。

河嬪にはこれまで頑なに面会を拒まれてきたが、こうなっては、むしろ面識のない翠珠のほうが接しやすいのだろう——そう紫霞は思っている。

梨花殿に着くと、門前に夕宵が立っていた。

夕宵は翠珠の顔を見ても、にこりともしなかった。怒っているのだとしたら、その気持ちは分かる。自分達が抱えた事態の大きさに動揺しているのかもしれない。

しかし、それは翠珠も同じだった。

夕宵がいらぬ（？）ことに気づかなければ、翠珠もそれを追究することはなく、こんな結果にはならなかった、などと八つ当たり的に恨んでしまう。

「お待ちになりましたか？」

「いや、いま来たところだ」

素っ気なく夕宵は答えた。

二人揃って門をくぐる。梨花殿の中に入るのはこれで二度目である。一度目はつい数日前、紫霞に内緒で夕宵と訪ねた。

内廷勤務となったばかりの頃は、門前で追い払われていた。それは初対面の人に会いたくないという河嬪の意向だと聞いていたが、真相はちがっていた。

翠珠が、河嬪と同じ南州の出身だからだ。

院子（にわ）には小さな棚が四阿（あずまや）仕様で設（しつら）えられており、西日のような色をした凌霄花（のうぜんかずら）がからみついていて艶（つや）やかに咲いている。庭はきれいに掃き清められ、花壇もきちんと手入れされていたが人気はなかった。

扉の開く音がして、見ると正房の石段前に若い婦人が立っていた。彼女は故郷からついてきた河嬪の侍女で、宮中が下賜した女官とは立場が違う。ゆえに明日、河嬪とともに宮城を出ることになっている。

「河嬪様がお待ちでございます」

翠珠と夕宵は首肯し、石段をのぼった。

前庁を抜けて居間に入ると、河嬪が長椅子に座っていた。

胡蝶が舞う薄緑色の大袖は紗で、ほっそりした腕が透けて見える。手には百日紅の花を縫いとった絹団扇。清艶な河嬪の雰囲気にはよく似合っていたが、それも今日までの装いだ。道士となれば、華やかな衣装に身を包むこともない。

「わざわざ足を運んでもらって、すまないわね」

穏やかな河嬪の声に、翠珠は居たたまれなさにその場で立ち尽くす。

苦し気な表情の翠珠を一瞥し、河嬪は優しく微笑んだ。

「穏便に済ませてくれたあなた達には、心から感謝しているのよ。特に鄭御史。あなたの立場上、かなりの妥協だったのでしょう」

「――秘密は、地獄まで持ってゆくと約束してください」

感情を押し殺した夕宵の声も、また苦し気だった。

牡丹皮にかかわる二つの事件が、河嬪の自作自演ではと夕宵が考えたのは、単純にそれが一番辻褄があうからだった。もちろん最初は考えもしなかった。河嬪は被害者だと思っていたからだ。

しかし考えてみれば、この件で被害を受けた者は後宮にはいない。

翠珠の証言もあり、河嬪の流産と牡丹皮に関係がないことは結論づいた。呂貴妃や栄嬪を嵌めるためだとしたら策が弱すぎる。犯人の目的が分からぬまま、今度は杏花舎から牡丹皮が盗まれた。

内密に捜査を進めていたのに、河嬪の所から櫃が見つかり事件は公になった。

最初は杏花舎に恨みを持つ者が犯人で、盗難という失態を公にしたかったのかと考えた。しかしそれが目的なら、牡丹皮ではなくさらなる劇物を盗むだろう。そのほうが杏花舎は大いに責められる。

ならば櫃を人目に触れさせたのは、捜査の進展を知りたかったからではないかと考えた。櫃が丸ごと盗まれているのだから、杏花舎が気付いていないはずがない。犯人からすれば音沙汰がないのは、不気味でしかないだろうから。

そこで夕宵は思いついた。発見された牡丹皮も盗まれた櫃も、双方に無理なくかかわれたのは、被害者とされた梨花殿ではないか。

彼のその疑念を聞いたとき、翠珠は自分の背後にある地面が崩れ落ち、崖っぷちに立たされたような気持ちになった。

なぜなら翠珠は、薄々と気づいていたからだ。

母からの手紙を読んだときから……いや、柳池苑で河嬪と顔を会わせたときから。

けれど、気づかぬふりをしていた。自分の想像通りだとしたら、もうどうして良いのか分からなかったからだ。

話し合った末、翠珠と夕宵は重い決断をした。そうして先日の、自作自演という河嬪の告白に至ったのである。

「李少士」

河嬪が呼びかけた。翠珠とは真逆の、晴れ晴れとした表情だった。

「私、本当はあなたと色々とお話をしたかったのよ。だって同郷ですもの。子供の頃に行った南州の花火大会や灯籠祭とか、本当に楽しかったわ。あなたは行ったことがあるかしら？」

「……ございます」

「懐かしいわね。私ももう一度行ってみたいわ」

河嬪は微笑みかけた。やるせなさがこみあげ、胸が締めつけられそうだった。傍に控えている侍女も唇をかみしめている。少女のころから河嬪についていた彼女は、すべての事情を知っている。

河嬪は絹団扇をゆるりと動かした。

「花火や灯籠なら、まだ見ることができるものね」

さらりと告げられた言葉に、翠珠の呼吸が止まる。

長い睫毛に縁取られた、黒瑪瑙を思わせる河嬪の美しい目には、細やかなものや広い範囲が映らない。

それは彼女が、家族性の眼病を患っているからだった。

それゆえ河嬪は、六か月間近にもなった子を自ら堕胎したのだ。この時期の胎児を人工流産させるなど、出産以上に命懸けの行為だった。

そのあともけして妊娠しないように、牡丹皮をはじめとした他の薬を服用しつづけた。皇帝の御召しはいつあるか分からないから、万事に備えなくてはならない。

柳池苑で栄嬪への証言ができなかったのは、嫌がらせや報復ではなく本当に見えなかったからなのだ。

「こちらが、先日お話しした母からの手紙です。どうぞ燃やしてください」

翠珠は封書を侍女に渡した。

瘿病を患っていた目の悪い婦人とは、河嬪の母方の伯母だった。

とつぜん見えなくなるのではなく、次第に視野が狭くなってゆく病だった。

実は近しい症状を、河嬪の母方の祖母が患っていた。しかしそれはずいぶんと年を取ってからの発症だったので、加齢によるものだろうと本人も周りも思っていた。年を取って視力が乏しくなるのは珍しいことではない。

あまり気にすることもなく、河嬪は入宮した。

その翌年、母方の伯母が似た症状の眼病を発症した。

ひやりとしたが、深く考えないようにした。母方の家系に不運な婦人が一人いたとして流すことにした。

それから数年、故郷から悪い報せは届かなかった。いつしか河嬪は祖母や伯母のことを忘れ、朗らかに過ごすようになった。

　そうして昨年、待望の懐妊となった。

　自身の歓喜と人々の祝福の中、河嬪は自分の目が伯母と同じ病状を呈していることに気づいた。

　その症状は出ていない。

　もはやごまかしようはない。

　もちろん生まれてくる子が、同じ病状を呈するとはかぎらない。現状で河嬪の母親にけれど今後出ないという保証はないし、自身の症状がこのまま進行すればいずればれる。もしも生まれた子供に同じ症状が出たら、宗室に病を持ちこんだとされて族滅の処分が下される可能性もある。

　発病しない可能性にかけるには、危険が大きすぎる。

　産むわけには、いかなかったのだ。

　侍女から手紙を受け取ると、河嬪はきれいに整えた指先でそれを挟んだ。

「ありがとう。これは燃やしてもいいのかしら」

「かまいません」

　翠珠が答えると、河嬪は侍女に返した。侍女は火を熾した茶炉にくべた。母からの手紙がめらめらと燃えていった。河嬪の伯母が目を患っていると、世間話のように記したことがこれで人の目に触れることはなくなった。もはや翠珠のように、河嬪の病状と関連させて考える者は出てこないだろう。

　翠珠と夕宵は無言のまま、炎を見つめていた。やがて燃え尽きた手紙が、灰色の小さな燃え滓となって、羽虫のようにふわふわと宙を彷徨った。


　梨花殿を出たとき、日差しは天頂の位置にあった。

　夏の盛りの中、あちこちから蟬のやかましい鳴き声が聞こえてくる。延々と連なる塀のむこうには背の高い樹木が生い茂っていた。

　案内役の河嬪の侍女は、ずいぶんと距離を取って先を進んでいる。もしかしたら顔も見たくないと思われているのかもしれない。後宮を去ったあと彼女に行く当てはあるのか、それとも河嬪と一緒に道観に入るのかも分からない。

　日中の短い己の影を踏むようにして、翠珠と夕宵は宮道を歩いた。日差しを遮るものがなにもない中、少し動くと瞬く間に汗が噴き出してくる。あたかも苦行のようであったが、いまの自分にはそれがふさわしいのだと翠珠は思った。どういう心境かは分からぬが、夕宵も無言のまま歩きつづけていた。

　紫霞と呂貴妃が和解を為した日の帰り、夕宵が牡丹皮の件での河嬪のかかわりを思いついた。しかし動機が分からない。なにか思いあたる節はないかと問われたとき、翠珠はすぐに答えることができなかった。

柳池苑での騒動と母からの手紙で、河嬪が目の病を患っているのではと疑うようになった。けれど事態の深刻さを考えて、誰にも相談ができなかった。夕宵に問われたときも言うべきかどうか迷った。

だが結局、翠珠は言ってしまった。

一刻も早く、河嬪に牡丹皮の服用を止めさせたかったのだ。

半年にもなろうという胎児を堕ろしたことだけでも、母体の損傷は計り知れない。そのうえでの血の流れを促す牡丹皮の服用が、どれほど河嬪の健康を損なうか想像に難くない。医師として見過ごすことはできなかった。

そもそもいつまでも隠しおおせるものでもなく、のちになって露見したときのほうが最悪の結果となりかねない。可能なかぎり穏便に済ませて欲しいという翠珠の願いを、夕宵が聞き入れると約束してくれたことが一番の決め手だった。

そのあと証を固めて策を練り、夕宵とともに河嬪を説得した。

避妊目的での牡丹皮の盗難だけであれば、厳しく処分されても命まで取られることはないだろう。けれど皇帝の子供を自ら堕胎したと知られれば大罪である。まして病のことが明るみに晒されれば罪は一族郎党にまで及ぶ。

そう夕宵が説得、いや説得したというには拍子抜けするほどあっさりと河嬪は了承したのだった。

「かえってほっとしたと思う」

夕宵の言葉に、翠珠は足を止めた。

翠珠は唇をかみしめて、夕宵を見上げた。なにか一言でもしゃべったら泣き出してしまいそうだった。

河嬪に科された運命が酷すぎて、憤りしか感じない。けれどその憤りをぶつける対象があまりにも巨大すぎて、翠珠ごときの小物には手も足も出せないのだった。

目の奥がじわりと熱くなり、涙を堪(こら)えるように固く目を瞑(つぶ)る。

きっとこの敗北感は、これからもたびたび翠珠を打ちのめすのだろう。医師である限り、そこから逃げることはできない。

少し気持ちが落ちついたころに、そろそろと開眼する。

夕宵が痛まし気な面持ちで、翠珠の眸(ひとみ)をのぞきこんでいた。

「河嬪を恨んでいないのか?」

「――なぜですか?」

「君が河嬪をかばう義務はなかった。いっそすべてを明らかにしてしまったほうが、よけいな重荷を背負わずに済み、気持ちは楽だったのではないか?」

この件を知ったのなら、たいていの者は河嬪に同情するだろう。しかし真相を捻(ね)じ曲げてまでかばうかと言えば、誰も彼もがそうはしない。

特に夕宵は御史台官という立場と潔癖な気質から、正義と良心の間で逡巡(しゅんじゅん)し、呑(の)みこみきれていない部分はある気がした。

だからこそ、翠珠にこんな問いをしたのではないか。

恨んでいないのか、と。

御史台官に必要なのは真実を追求する正義感で、情は必要ない。夕宵の上司・沈大夫はそう言っていた。

それを承知したうえで、夕宵は自分の信念を捻じ曲げた。

そのときの逡巡や後々まで彼の中に残るであろう罪悪感を想像すると、申し訳なかったと胸が痛む。

「すべてを明らかにしたほうが楽だったのは、私ではなく鄭御史のほうでしょう」

その翠珠の問いに、夕宵はなにも言わずに視線をそらした。

翠珠はうっすらと微笑んだ。その笑みが、彼を励ましているのか皮肉なのかが自分でもよく分からない。

「私は、河嬪様のことを恨んでなどおりません」

「何故だ?」

すかさず夕宵は反問する。真相を隠すことが夕宵にとってどれほど自身の信念に背く行為だったのか、その口ぶりだけで伝わった。

けれど翠珠はちがう。

翠珠は真実を明らかにする御史台官ではなく、病を治療する医師なのだ。

「医師(わたくし)が河嬪様の病を治せましたら、このようなことにはなりませんでしたから」

自身の言葉がまるで矢のように、きりきりと胸を貫いた。

痛い、痛い、痛くて堪らない。

けれど耐えねばならない。これは医師としての自責であり義務なのだから。

たとえ蟷螂の斧と嘲笑われても、医師であるかぎり翠珠は挑みつづけなければならなかった。いつか、すべての病が克服できる日を信じて——。

気が付くと夕宵は、眩しいものを見るように目を眇めていた。

何故だろうと訝しんだあと、きっと天頂に上る真夏の太陽がそうさせているのだと翠珠は思った。

本書は書き下ろしです。

華(はな)は天命(てんめい)を診(み)る

莉国後宮女医伝(りこくこうきゅうじょいでん)

小田菜摘(おだなつみ)

令和5年 1月25日　初版発行
令和6年 5月30日　5版発行

発行者●山下直久

発行●株式会社KADOKAWA
〒102-8177　東京都千代田区富士見2-13-3
電話　0570-002-301(ナビダイヤル)

角川文庫 23508

印刷所●株式会社KADOKAWA
製本所●株式会社KADOKAWA

表紙画●和田三造

ISBN 978-4-04-112728-5　C0193

◆◇◇

角川文庫発刊に際して

角川源義

第二次世界大戦の敗北は、軍事力の敗北であった以上に、私たちの若い文化力の敗退であった。私たちの文化が戦争に対して如何に無力であり、単なるあだ花に過ぎなかったかを、私たちは身を以て体験し痛感した。西洋近代文化の摂取にとって、明治以後八十年の歳月は決して短かすぎたとは言えない。にもかかわらず、近代文化の伝統を確立し、自由な批判と柔軟な良識に富む文化層として自らを形成することに私たちは失敗して来た。そしてこれは、各層への文化の普及滲透を任務とする出版人の責任でもあった。

一九四五年以来、私たちは再び振出しに戻り、第一歩から踏み出すことを余儀なくされた。これは大きな不幸ではあるが、反面、これまでの混沌・未熟・歪曲の中にあった我が国の文化に秩序と確たる基礎を齎らすためには絶好の機会でもある。角川書店は、このような祖国の文化的危機にあたり、微力をも顧みず再建の礎石たるべき抱負と決意とをもって出発したが、ここに創立以来の念願を果すべく角川文庫を発刊する。これまで刊行されたあらゆる全集叢書文庫類の長所と短所とを検討し、古今東西の不朽の典籍を、良心的編集のもとに、廉価に、そして書架にふさわしい美本として、多くのひとびとに提供しようとする。しかし私たちは徒らに百科全書的な知識のジレッタントを作ることを目的とせず、あくまで祖国の文化に秩序と再建への道を示し、この文庫を角川書店の栄ある事業として、今後永久に継続発展せしめ、学芸と教養との殿堂として大成せんことを期したい。多くの読書子の愛情ある忠言と支持とによって、この希望と抱負とを完遂せしめられんことを願う。

一九四九年五月三日